Annie Gomiéro

Les dentelles de l'âme

Un Noël à Hauterives

© 2021, Annie Gomiéro

Édition : BoD – Books on Demand, 12/14 rond-point des Champs-Élysées, 75008 Paris

Impression : BoD - Books on Demand, Norderstedt, Allemagne

ISBN: 9782322260416

Dépôt légal : Novembre 2021

Ce roman, commencé avant la pandémie de 2020, raconte un moment de la vie de personnages tenus de quitter leur condition, leur quotidien, sommés de quitter la ville pour la campagne.
Nul doute que les événements de cette année 2020 ne manqueront pas d'accélérer ce processus. Mais peut-être est-ce un mal pour un bien...

1

« Driiiiiiiiiing !!!! » Le téléphone mural, vert et marron, style camouflage, s'exprimait encore comme en 1970.
Giroflée Ganivet sursauta, soupira. Elle décrocha l'écouteur d'ébonite. C'était Jean-Albert.

Debout face à la fenêtre, les yeux perdus sur la grande ville qui dévale vers le Rhône, Giroflée contemplait la vacuité des jours à venir, des jours qu'elle imaginait il y encore quelques semaines, réguliers et tranquilles.
Mais des étrangers avaient décidé que ça ne se passerait pas comme ça : il fallait partir, la vétusté toute relative à son sens des vieux murs de la Croix-Rousse changeait la donne.
Gigi contemplait le décor d'une vie qui inexorablement, demandait à tourner la page.
Giroflée, Gigi pour les intimes, c'est-à-dire peu de monde : sa fille Jasmine, Louba et Carinou ses petites-filles, Mme « Deux-mains » la chère voisine pour peu de temps encore, Gigi donc, était allée à la mairie...

—Le propriétaire ne peut faire face aux travaux pour la mise en conformité, il préfère vendre, madame... avait expliqué l'employée de l'urbanisme. Mais, vous en avez été avertie depuis un bon moment, n'est-ce pas ?
—Oui, enfin... Il y a des années que nous recevons des lettres qui nous annoncent que la maison sera démolie. En fait, on n'y croyait même plus...
—Je comprends bien madame Ganivet. N'hésitez pas à prendre rendez-vous avec notre service social. Il vous aidera assurément !
—Le propriétaire, on peut bien le rencontrer quelque part... suggérait Gigi forçant sa myopie vers le document que l'employée de mairie tenait en main.
—Hélas, madame, cette personne est décédée. Et ses héritiers ne souhaitent pas conserver l'immeuble. Ils n'habitent pas Lyon, et c'est leur homme de loi qui s'est chargé de la transaction avec « *les Résidences New Elegance.*
—Parlons-en ...
L'employée soupira :
—Que voulez-vous... De nos jours, seuls de grands groupes tels celui-là peuvent rénover

un pareil bâti. On ne peut pas laisser tomber en ruine ces vieilles murailles en plein cœur d'un quartier très fréquenté qui de plus est...
—Mais ces vieilles maisons de canuts, c'est quelque chose tout de même...
L'employée écarta les bras en signe d'impuissance.
—*New Elegance* s'engage à conserver les anciennes structures de bois qui supportaient les *bistanclaques* sous la charpente et ainsi sauvegarder le patrimoine, mais on ne peut guère en demander plus. Les escaliers, pour pittoresques qu'ils soient, ont un côté vertigineux qui n'est plus adapté à la vie moderne. Comme je vous l'ai dit, les travaux à entreprendre outrepassent les disponibilités des héritiers. C'est sans espoir, chère madame. Je reste naturellement à votre disposition...

—Allo ? Allo ?
« *Ah oui, Jean-Albert...* »
Gigi savait déjà ce qu'allait dire Jean-Albert. Depuis quelques temps, leurs rapports se limitaient à de rares sorties au terme desquelles son *fiancé* raccompagnait Gigi sur un baiser donné distraitement. Il faut dire qu'elle-même ne l'encourageait guère. Gigi se

dit que cela s'était fait pour ainsi dire *naturellement*, sans à-coups, sans avoir rien vu venir.

Mais elle diagnostiqua que les histoires qui avaient jalonné sa vie depuis son divorce s'étaient aussi terminées comme cela. Et d'ailleurs comme son premier amour, enfin ce qu'elle avait cru être l'amour de sa vie et qui l'avait menée au mariage...

« Finalement, on n'apprend rien ... Tout recommence indéfiniment. On doit bien pouvoir stopper le processus... Mais c'est le temps qui manque pour y réfléchir... »

Elle se sentit vide, exempte de toute sensation. A quoi bon résister, puisque de toute façon, c'était le grand chambardement dans son existence.

Ainsi, Gigi ne bâtirait pas la crèche au *mazet de la Maille*. Puisque Jean-Albert lui avait fait savoir par SMS, qu'ils ne passeraient pas Noël ensemble, cette année. Ni les autres années à venir, si Gigi avait tout bien compris …

—Allo, Gigi ?
—Je te manque ?... susurra Gigi d'une voix un peu rauque, puis elle ajouta comme si elle

lisait: « *je te manque, demandait Edouard à cette chose noire, moite et froide, à cette horreur, ce sauveur : l'écouteur d'ébonite...* »
—Que dis-tu ?
—Rien...C'est une réplique d'un bouquin de Sagan : *le lit défait...*
Jean-Albert s'éclaircit la gorge :
—Oh tu sais moi, Sagan...
Il disait cela comme lorsque Gigi évoquait Colette, Duras ou Virginia Woolf. Ouais, toutes ces bonnes femmes...
« *Pourtant, les hommes en apprendraient, avec toutes ces bonnes femmes, ne serait-ce que pour mieux connaître ces êtres étranges qui partagent leur vie... et leur lit...* »
Une vision de Jean-Albert au saut du lit vint s'imposer, et Gigi en demeura coite, comme si un inconnu eut traversé sa chambre à coucher en petite tenue sans y être autorisé.
« *C'est comme ça qu'une... belle habitude peut devenir étrangère, oui, comme ça, du jour au lendemain... Presque désincarnée... froide... Comme c'est étrange, l'amour... En fait, à mon âge, je crois encore à l'amour... Mais alors, pour être vraiment honnête, lequel, en premier, se détache de l'autre...*»

—J'espère que je ne te dérange pas, dit Jean-Albert sur un ton légèrement ennuyé. Tu excuseras ce message un peu cavalier, mais tu comprends, ma chérie, je dois accueillir la cousine par alliance de la nièce de mon parrain de la Creuse. Elle tient sa place... Elle est folle de santons, et veut écumer tous les marchés de Noël du coin. Mais je voulais tout de même m'expliquer de vive voix.
Jean-Albert exhala un énorme soupir. De soulagement, peut-être. Gigi ne dit rien, elle attendit la suite qu'elle connaissait, qu'elle pressentait depuis des mois :
—Alors, comme on n'avait rien décidé pour cette année, toi et moi, comme il me semblait que tu en avais un peu marre du mazet, (*ah bon ...*), je me suis dit... On pourra y aller tous les deux quand la jeunesse sera rentrée, tous les deux en amoureux, hein, ce serait sympa... Un jour ou deux... en février, c'est tellement mieux. Tellement plus glamour, hein ?
Il fredonnait la chanson d'un *Homme et une femme* : « *Chabadabada*»
—...
—Et comme ça, tu pourras peut-être en profiter pour avoir ta fille et tes petites-filles

rien qu'à toi ce Noël, puisque ça ne leur dit jamais trop de venir au mazet... Hein, Gigi, tu m'entends ?

Ça, c'est vrai... Jasmine, Louba et Jean-Albert, ça n'était pas le grand amour...

« *Mamie, ton Jean-Albert et sa clique, ils ne te prendraient pas pour leur bonniche par hasard ?* »

« *Mais au moins, Louba, au mazet, vous pourriez vous balader au bord de la mer ...* »

« *Merci bien... Sans parler de ses petites-filles à Jean-Albert, des pisseuses bêtes à pleurer..Je préfère mille fois les illuminations de Lyon et le vin chaud et les beignets au coin des rues... Et puis, je m'occuperai bien de Carinou. On fera des gâteaux ! Maman travaille pour Noël : elle a un stage de première importance...* »

Carinou serait déçue de ne pas jouer avec les autres petites filles, elle qui s'en faisait un plaisir. « *Elle voit si peu d'enfants de son âge, hors l'école, ma Caribou d'amour. Mais après tout, elle aime autant avoir sa grande sœur Louba pour elle toute seule pendant les vacances.* »

Gigi entendit « *mon beau sapin* », derrière Jean-Albert. Puis plus rien. Il dut mettre la main sur le téléphone, pour signifier à d'autres personnes de se taire, en fronçant les sourcils comme il devait le faire dans sa classe, avant la retraite.
— Allo, ma bichette ? Allo ?
—Oui... je suis là... »
—Oui, je disais... Qu'est-ce que je disais au juste...
—Tu disais que la cousine par alliance de la maîtresse de ton oncle du côté de tes arrières-grands-cousins venait te voir et qu'elle tenait toute la place...
—Très drôle... Si tu crois que ça m'amuse... Tu vas tellement me manquer...
Comme pour démentir ses paroles, un éclat de rire juvénile retentit dans l'écouteur.
—Allo, *mamina* ? Tu vas bien ? C'est sûr que tu vas nous manquer, je ne sais pas comment on va faire pour la bouffe, bisous, on va à la supérette !
—Donne-moi ce bigophone, cria la voix de Jean-Albert, et d'abord, on ne dit pas « *la bouffe* », malheureuse...
Même en vacances, l'ancien instit ne faisait jamais relâche …

— Tu es déjà au mazet ?
—Eh oui, ma Gigi, tu ne me laisses même pas le temps de m'expliquer... (*c'est encore ma faute...*)Ils annoncent de la neige en pagaille... Alors, autant profiter de ces tous premiers jours de vacances... Tu comprends bien que ce n'était pas la peine de rester plus longtemps à Lyon...
Grand-père idéal, va...

—Et pour toi, ça s'arrange ? Tu as trouvé quelque chose...
Gigi n'eut pas envie d'expliquer que non, ça ne s'arrangeait pas, et même, elle ne savait pas encore où elle allait échouer parce que bientôt, son appartement de la Croix-Rousse deviendrait un champ de ruines comme après la guerre, avant de se commuer en une résidence du dernier chic à ce qui se disait, et qu'elle, Gigi devrait se rabattre sur une case anonyme en banlieue.
—Oui, elle dit cependant. Ça se dessine. Et puis, je peux toujours habiter chez Jasmine.
—Evidemment...
Jean-Albert s'éclaircit la voix, et embraya prudemment sur la situation qui l'occupait :
—Alors, si tu voyais le binz, ma chérie, « *ma*

chérie... », plus un lit de libre au mazet ! Je ne sais pas comment on va se débrouiller... D'autant que les parisiens débarquent la semaine prochaine ! J'ai essayé de t'appeler plusieurs fois, mais je tombais tout le temps sur la messagerie...Je pensais que tu me rappellerais...
—C'est que... J'avais épuisé mon forfait...
Gigi prit une gorgée de café. Il était vraiment froid.
—Pour la téléphonie, il faudra quand même passer à quelque chose de plus performant, vois-tu...
Hé ! Je le sais bien ! Avec quel argent ? Pensait Gigi. « *Tu veux m'en payer un, peut-être, de nouveau téléphone...* »
Gigi se sentit soudain pauvre, abandonnée, out !
—Et dans ton lit, elle dit, revêche, il y a encore une place de libre...

Jean-Albert ne répondit pas tout de suite ; il choisit finalement de prendre les choses à la légère. Autrefois, « *autrefois ...*», il se serait mis en rogne.
—Que tu es bête, ma Gigi ...
« *Alors, c'est vraiment fini ... Gigi, G-i, G-i,*

et Jean-Albert c'est fini... »
—Tu es toujours là, Jean-Albert ?
—Mais naturellement ma Gigi...
—Comment elle s'appelle la cousine par alliance ? Je la connais ?
Elle dit cela sur un ton aigre, sa voix dérailla.

Un blanc, puis :
—Oh... Ça ne te dirait rien, ma fille... (*ma fille* ...) Elle est de Marseille.
Un autre blanc ... « *Hé oui, peuchère, qu'est-ce que tu veux dire d'autre ...* »

—Bon, eh bien, bonnes vacances tout de même, prends soin de toi, ma Gigi... Je... je te fais toutes mes excuses... Pour Carina, je regrette sincèrement, mais vois-tu, je ne saurais vraiment pas comment vous loger décemment... La cousine de la nièce de mon parrain a ses enfants, des petits élevés d'une manière très stricte... Tu désapprouverais certainement, avec tes manières si libres et...

« *Et surtout... pas question de lui montrer la douce et adorable Carina, l'enfant « différente », n'est-ce pas ...Pauvre type, je te souhaite bien du plaisir avec madame*

Psychorigide !... »

—A l'année prochaine, alors ?
Réellement, Jean-Albert pensait-il ce qu'il disait, qu'ils se retrouveraient en amoureux à la rentrée ?
— Au revoir Jean-Albert... (*Elle faillit dire monsieur.*) Amuse-toi bien. Embrasse pour moi le petit Andréas...

Andréas, son chouchou, celui qui, déjà grandet tétait encore son doudou. Elle le regretterait celui-là... Carina aussi.
Elle se tut, l'écouteur à la main. Jean-Albert, qui n'avait pas bien l'habitude des i-phones et compagnie, n'avait pas encore raccroché. Elle perçut sa voix dans un soupir fatigué :
—Ça y est... c'est fait...
Elle faillit susurrer dans l'appareil qu'elle avait entendu, et puis, une grande lassitude la prit.

Elle alla s'asseoir sur le canapé, étendit ses bras sur le dossier, ferma les yeux. Elle essayait de ressentir sa tristesse, son chagrin, un sentiment d'abandon, d'injustice, car c'est bien de cela qu'il s'agissait... Une sorte de licenciement... Mais elle n'éprouva rien. Sa grande fatigue sans doute. Cela viendrait plus tard, quand elle aurait vraiment le temps de se pencher sur elle-même...

Bon ! Puisqu'elle ne serait pas contrainte de revêtir une *robe-arbre-de-Noël mémérisée* pour plaire à Jean-Albert, inutile de se priver : aujourd'hui, ce serait poisson, frites et Beaujolais au resto du coin !
« *Et si j'invitais madame Deux-mains...* »

Mme Dumain, la voisine, était une ancienne ouvrière qui avait travaillé pour de grandes maisons parisiennes et lyonnaises dans les années 60. Mme Dumain était aussi une dentellière hors pair et son carreau de travail de bois ciselé se trouvait toujours posé près de la fenêtre.

La petite bouche de Carinou ayant du mal à prononcer le nom de la vieille dame, elle avait traduit à sa façon le travail incessant des doigts habiles : Mme Dumain était devenue Mme *Deux-mains*, surnom que l'intéressée avait accueilli avec beaucoup de gaieté et de bonheur.

Alors, pas de mazet... Tant mieux, oui, ça vaut peut-être mieux... Finalement, elle a raison Louba, sa smala à Jean-Albert, ça va bien ! Toutes les années, il y a un nouveau-né. Et c'est *mamina* qui s'y colle...

Pour les enfants de Jean-Albert, ses petits-enfants, ses enfants, Gigi était *mamina*, celle qui n'avait pas sa pareille pour accommoder les restes, les légumes et les fruits pour concocter de goûteuses recettes que la tribu dévorait dans des grognements satisfaits au retour de la plage.

Finalement, tout le monde s'en moquait bien, du temps que *mamina* passait devant la chaleur du fourneau à touiller et mijoter le repas du soir.

Avec, s'il vous plaît un œil sur le petiot qui ne la quittait ni d'une semelle, ni d'un regard. Un morceau de doudou entre les dents, Andréas avait énoncé cette indéniable vérité, l'année dernière, dans un joli gazouillis bavotant :
« *mamina, cro zentile...* »

Elle en était restée interdite, et l'enfant et elle avaient échangé un long regard. Elle demeurait là, la cuiller en bois à la main, et les yeux du tout petit la fixaient gravement, pleins de cette sagesse d'un autre monde que les bébés apportent des nuages en naissant, avant de la perdre quelques années plus tard lorsqu'ils prennent résolument pied dans la vie.

2

« Driiiiingggg !!!! » répéta l'appareil téléphonique. Gigi eut un haut-le-corps et décrocha de mauvaise grâce.
Avant qu'elle ait pu dire « *allo* », une musiquette de supermarché retentit, puis une voix d'aéroport lui apprit que « *les résidences New Elégance ont toujours une brique d'avance. Ne quittez pas, vous allez être mis en contact avec votre correspondant.* »

« *Zut.... Encore les démolisseurs...* »

—Madame Canivel ?
—Ganivet, avec un G ! précisa Gigi assez sèchement.
—Oui, pardon, madame... Ici, Mme Ponterfresch, chargée de projet. En fait, je vous appelais pour vous souhaiter de bonnes fêtes de fin d'année, et savoir, enfin... ce que vous avez décidé.
—Je n'ai rien arrêté encore !
—Mais vous avez bien compris que nous vous réservons, si vous en êtes d'accord, un

espace dans la résidence « *Nouvelle vie* » de Vaulx-en-Velin.
—Oui, oui, j'ai bien compris, madame...
—Ponterfresch...Aline Ponterfresch. En fait, je suis *un des bras droits* de M. le Directeur de l'Agence *New Elegance* de Lyon.
—Un des bras droits... Parfait... Quel étage déjà ?
—Cinquième, madame Galibert, mais, il y a un ascenseur... et d'ailleurs, l'appartement que vous occupez actuellement est au troisième et ... Et ça ne fait jamais que deux étages en plus, n'est-ce pas... Vous êtes *encore* en pleine forme et...
—Cinq étages...
—Ecoutez madame Ganiveau, nous ne sommes pas tenus de vous reloger... Comme vous le savez, c'est uniquement notre politique sociale qui fait d'ailleurs le renom de l'entreprise, qui nous dicte de prendre en compte le dérangement lié au déplacement des locataires. Nous avons aussi bien retenu les liens privilégiés qui vous lient à votre voisine, Mme Demain, nous ne sommes pas des sauvages, savez-vous...
—Les sauvages comme vous dites, ne vireraient pas leurs aïeux de leurs cases tant

qu'ils sont en vie...
—Oui... Eh bien... Que voulez-vous, votre propriétaire voulait vendre avant que la vétusté de l'immeuble ne l'afflige d'une moins-value irréversible, et après son décès, ses héritiers...

« *Moins-value irréversible.* » *Voilà, même pour Jean-Albert, je suis frappée d'une moins-value irréversible...* »

—Que dites-vous madame Gabinet ?
« *Je ne dis rien, je réfléchis...* »
—Madame Demain est ravie de commencer une nouvelle vie à « *Nouvelle vie* »
—Ah bon ? Elle vous l'a dit ?
—...Ces choses-là se sentent, n'est-ce pas, quand on est du métier. Votre vieille voisine est plus raisonnable que vous !
—Madame Dumain n'est pas « *une vieille voisine* », comme vous dites !

Silence gêné de Mme Ponterfresch Aline, bras droit de son état, puis :
—Oui enfin, ce n'est pas un tendron de l'année, vous voyez ce que je veux dire. Je me

suis mal exprimée, excusez-moi.
—Madame Dumain a donc donné son accord ?
—Tout à fait... C'est-à-dire que... nous ne devrions pas tarder à recevoir son assentiment définitif, ainsi, vous trouverez-vous toutes deux en pays de connaissance. Vous m'entendez, allo, allo...
—Oui oui...
—Vous savez, madame, il faudra songer à prendre une décision. Les messieurs-dames du Ier, et le monsieur du « *Goujon sémillant* », le vieux magasin du rez-de-chaussée sont déjà partis, comme vous savez.
—*Frétillant...le goujon frétillant...*
—Oui, « *le goujon scintillant* ». C'est une sage décision, surtout avec ce que l'on vous offre : deux mois de loyers payés à la « *Nouvelle vie* ». Savez-vous qu'on annonce de la neige ? Vous devriez vous décider rapidement. Vous serez bien au chaud dans votre nouvelle résidence...
—Surtout cet été, me suis-je laissé dire.

Mme Ponterfresch exhala un gros soupir découragé:
—Ecoutez, le quartier va devenir désert. Il

faudra être bien prudente en descendant votre escalier et en sortant. Un accident est si vite arrivé...
—C'est une menace ?
—Comme vous y allez... Bon, je vois que vous n'avez rien perdu de votre sens de l'humour. Alors, à bientôt, Mme Baliverne.
—Bonnes fêtes de fin d'année, Mme *peinture fraîche*.

Une chansonnette s'éleva du canapé. Gigi se précipita, soulevant les coussins, mais le téléphone portable s'ingéniait à jouer à cache-cache. Du coup, c'est le mural qui lança son appel éraillé. Gigi l'empoigna et marmonna un « allo » excédé.
—Maman, c'est Jasmine, ta fille unique préférée. Tu vas bien...
—Oui oui ma belle, ça va...
—Maman, tu sais que tu viens habiter chez moi, alors tu ne tracasses pas, hein ? Et puis, tu ne te laisses pas intimider par ces rapaces de *New Elegance*, tu as jusqu'en janvier pour partir, et d'ailleurs, ils ne peuvent même pas de mettre dehors avant mars, alors... !
—Mais oui, tu es gentille. Et toi, comment vas-tu ?

—Tu pars au mazet avec Jean-Albert ?
—Euh non... Mais je prends les filles tout de même, bien entendu !

Un silence.
—Un problème, ma chérie ?
—Ben... Je ne sais pas comment te dire …
—Essaie toujours...
Pour toute réponse, un sanglot étouffé. Gigi porta la main à son cœur, s'appuyant de la hanche à la table.
—Ma petite fille, qu'y a-t-il ?
—Je ne serai pas là pendant les vacances... Je … Je pars en stage...
Gigi ferma les yeux, rassurée.
—Eh bien, mais, je suis au courant ma chérie...
—Oui mais... En fait, je... Je risque de ne pas être là le soir de Noël...
—Ah...

Gigi écouta Jasmine qui se mouchait, essayant d'interpréter ce que la jeune femme n'osait pas lui dire, bafouillant de manière incompréhensible. Finalement, elle devina.
—Tu pars vraiment en stage ?

—Oui... Le... Le DRH m'a proposé...
—De poursuivre le stage plus qu'il n'est nécessaire, c'est ça ? Il est beau garçon ?
Jasmine rit, d'un rire qui se perdit dans les larmes.
—Je suis une mauvaise mère...
—Non. Tu es simplement une jeune femme qui travaille beaucoup, qui n'a pas le temps de refaire sa vie et qui aurait bien tort de laisser passer une belle occasion...
—Maman...
En attendant cet appel au secours, Gigi sentit les larmes lui monter aux yeux. Ah ! Les gosses !

—Carinou, maman... Ce sera la première fois... Elle ne comprendra pas...
Evidemment, ne pas avoir sa mère pour la nuit de Noël rendrait la fillette triste. Mais Carina avait aussi cette faculté de deviner la moindre petite chose qui ferait plaisir à sa maman adorée.
Et sa petite âme attentive qui la rendait plus âgée que ses congénères, cette gravité que l'on devinait souvent sur son visage, feraient qu'elle comprendrait que Jasmine ne l'abandonnait pas, mais que leur amour coulait

si profond qu'il pouvait supporter la séparation.

C'est ce que tenta d'expliquer Gigi à sa fille, tandis que Jasmine réprimait des larmes qui semblèrent se tarir enfin sur un long soupir.
—Je serai là le lendemain, le 25, bien sûr... Mais. Ce n'est pas pareil... Depuis ce coin de la Suisse, il n'y a plus de train après vingt heures et …
Les dernières paroles de la jeune femme se perdirent dans un nasillement étouffé par un mouchoir.
—Que dis-tu ?
—Je disais que Waldeber, oui, il se prénomme Waldeber souhaiterait me … me présenter à sa famille...
—Waldeber... Comme c'est charmant !
—Oui...
Jasmine eut un joli rire un peu mouillé.
—Laisse-moi deviner... dit Gigi pour donner à leur échange un ton plus léger. Il est grand et mince, collé à une machine à café comme Georges Clooney et derrière lui, dans son bureau, il y un tableau qui représente le Lac de Côme tout rougeoyant de fleurs d'ibiscus.
—Il y a des ibiscus rouges au Lac de Côme ?

—Hé bien... Il me semble... En tout cas, il devrait y en avoir... S'il n'y en a pas, nous leur dirons d'en planter !
Jasmine rit de bon cœur et Gigi retrouva la fillette d'autrefois dont les petits chagrins ne résistaient jamais à l'optimisme forcené de maman Gigi.

—Les filles sont allées chercher du pain. Elles seront là dans cinq minutes. Tu me pardonnes, je suis dans les embouteillages... je me suis arrêtée en catastrophe...
—Je les réceptionne. Pars tranquillement, tout se passera bien et puis le téléphone, ça existe encore pour quelques temps, n'est-ce pas ?
—Un petit camarade de la boîte t'apportera les cadeaux de Noël demain matin. Oh ! Comme je m'en veux !
—Ecoute Jasmine, pars en paix, sois prudente sur la route et tu donnes des nouvelles.
—Et toi, maman, que vas-tu faire ? Je t'abandonne dans un des pires moments de ta vie …
—N'exagérons rien... Nous allons, les filles, madame Dumain et moi, déjeuner bien tranquillement et ensuite, disputer une partie de scrabble mémorable pendant que cuisent

les biscuits de Noël...
—Hummm !!!! Les biscuits de Noël...
Soupir nostalgique de Jasmine qui se souvint de la cuisine embaumée du parfum de gâteaux dorés tout saupoudrés de neige rose...

—Alors, mon enfant, veux-tu échanger le sieur Waldemar contre un plat de biscuits maison et un thé parfumé ?
—Waldeber, maman... Eh bien... Nous les goûterons à mon retour, si tu veux bien nous recevoir...
—Ouh ! La!la ! S'exclama Gigi. Qui a parlé de te renier ? Nous ferons deux platées de plus en l'honneur du retour de l'enfant prodigue et de son preux chevalier helvète!
—En fait, Waldeber a quelque embonpoint. Il doit surveiller sa ligne...
—Ma fille, si je puis te donner un conseil que tu ne me demandes pas, laisse M. Waldeber profiter tout son saoul de Noël, et n'oublie pas que tu n'es pas sa diététicienne, mais... sa compagne.. Compris ?
—Oui, m'man... Je t'aime, m'man...
—Moi aussi mon petit trésor adoré. File maintenant, et envoie-moi les fauves...

Un impératif coup de sonnette souligna ses paroles.

—Quand on parle des louves... Allez, sois prudente au volant. On s'appelle, OK ?

—OK, maman Gigi... Gros Gros Bisous !!!

—Gros Gros Bisous ma Bella...

« Maman Gigi »

Les larmes lui montèrent aux yeux : depuis quand sa petite Jasmine n'avait-elle pas ainsi appelé sa mère ?

Une fillette tout emmitouflée de peluche rose, une paire de bois de rennes mobiles scintillant dans ses cheveux blonds, sauta au coup de Gigi.

—Mamie Gigi ! Regarde ta Caribou comme elle belle !

—Oooh !!! Mais voyez notre petite oursonne de Noël !

—Tu as vu dans mes cheveux, mamie, j'ai des oreilles de caribou ! Je suis un vrai caribou maintenant ! C'est le Père Noël qui va être étonné !

Toute petite, Carina avait changé l'affectueux « Carinou » que sa petite bouche avait du mal à prononcer en « Caribou », et tout ce que

Louba, maman Jasmine et mamie Gigi racontèrent sur le pays du Père Noël apporta un surcroît de magie à ce petit surnom.
—Bon, intervint Louba, poussant sa petite sœur à l'intérieur, laissons le froid dehors, comme dirait madame Ben Careh ! Tu vas bien mamie Gigi ?
—Qui est madame Ben Careh ?
—Oh... la mère d'un copain...
Louba passait ses bras autour du cou de sa grand-mère, tandis que Carinou se blottissait contre le large pull de Gigi, et toutes trois restèrent ainsi enlacées dans le minuscule couloir, comme si, immobiles dans le silence, elles disaient adieu à l'appartement de ce vieux quartier qui les avait vues vivre, pleurer et rire, et grandir.
—Bon, c'est pas tout ça... dit Gigi. Que diriez-vous d'aller chercher madame Dumain et de l'emmener avec nous déjeuner au resto du coin ?
—Chouette ! Fit Carina. Comme ça on pourra voir Pitou !

Pitou était le chat, ou plutôt la chatte, de madame Dumain. Intrépide escaladeuse de toits et de gouttières, mais royale de pelage et

de maintien, Pitou régnait en gardienne attentive sur la vie de madame Dumain, et d'ailleurs, de tous les autres locataires.
—.Mais madame Deux-mains, quand elle va partir, elle va bien emmener Pitou ? S'inquiétait Carina.
—Mais bien entendu, ma chérie ! Tu imagines madame Dumain sans sa Pitou ?
—Oui mais mamie, Pitou elle est habituée à son coin bien à elle, elle va être perdue dans son nouvel endroit...
—Mais non, du moment que madame Dumain est avec elle, c'est tout ce qui compte.
—Oui mais Pitou elle est aussi habituée à toi, et si elle ne te voit plus venir chez madame Dumain avec nous, elle sera inquiète...

Carina levait vers sa grand-mère ses yeux en amandes, son petit nez spirituel, et Gigi la couvrit de baisers en la serrant bien fort.
—Tout ira bien pour Pitou, et pour tout le monde, mon petit Caribou. Et puis, on n'est pas encore parties... Et d'ailleurs, avec cette neige qui s'annonce...
—Bon, si on allait voir madame Deux-mains, proposa Louba, rejetant d'un geste léonin ses longs cheveux châtains, et abandonnant pour

un temps la lecture de l'écran de son téléphone.

Carina repoussa sa capuche, balaya les fines mèches blondes scintillant sur son front.

—Mamie, comment elle s'appelle madame Deux-mains...

—On a tellement l'habitude de dire madame Dumain, qu'on lui donne assez rarement son prénom. Mme Dumain s'appelle Blanche !

—Ça, c'est très joli ! Proféra Carina d'un ton docte. Les noms des gens c'est très important !

—Attends un peu, Caribou ! lança Louba. Regarde dans quel état est le pain, sors-le de ton sac à dos !

—Ça ne fait rien, rit Gigi. On le donnera aux oiseaux.

Carina se retourna, les mains sur les hanches, pencha sa tête aux joues roses en fronçant le nez :

—Mamie ! Il ne faut pas donner de pain aux oiseaux ! Il y a du sel dedans, ça les rend malades ! A ton âge, tu devrais savoir ça !

Gigi et Louba échangèrent pour de rire un regard qui en disait long.

—Nous voilà bien, avec la nouvelle génération écolo... soupira Gigi.

—Ben, mamie, si tu veux garder une belle

planète, il faut commencer par prendre soin des petits oiseaux !

Puis, amorçant avec un port de reine la descente du vieil escalier, Carina fit mine de repousser une traîne imaginaire :
—Je suis la Reine des Neiges ! Clama-t-elle en frappant l'air d'une baguette imaginaire. Puis la fillette attendit que Gigi et Louba aient atteint le dernier palier pour s'emparer de leurs mains et murmurer :
—Et les petits oiseaux, mamie, sont les messagers du Père Noël.

Sa grand-mère et sa sœur la dévisageaient en souriant, et Carina haussa les épaules, comme si elle désespérait de leur faculté de compréhension :
—Ben oui ! Comme les hiboux dans Harry Potter ! Ils portent des messages !
—Tu as six ans et demi, et tu as déjà lu Harry Potter ? Questionna Louba, incrédule.
—Non ! Mais j'en ai entendu parler ! Rétorqua Carina très digne. Et j'ai vu aussi un peu du film a la télé, et maman m'a dit qu'on irait le voir au cinéma ! Et Medhi a commencé à me lire « *Harry Potter à l'école*

des sorciers » ! Nananère !
—Medhi t'a lu Harry Potter... s'exclama Louba incrédule, légèrement rougissante.
—Oui madame ! S'écria Carina, triomphante.
—Qui est Medhi ? Demanda innocemment Gigi.
—C'est le fils de madame Ben Careh ! Répondit Carina, renseignée, avant que Louba ait pu ouvrir la bouche.

Gigi et ses petites-filles se trouvèrent dans la rue, surprises par la bise qui chahutait les passants en soulevant des bourrasques piquantes d'une neige clairsemée finement mêlée de pluie.
—Il faut courir ! Dit Carina. Comme ça, on laisse le froid dehors !
—Cette madame Ben Careh est pleine de bon sens... souffla Gigi en coulant un regard malicieux vers Louba.

Louba, l'air absent, tractant Carina accrochée à son bras, pianotait d'un doigt agile sur l'écran de son téléphone mobile. Mais il sembla bien à Gigi que le rose de ses pommettes n'était pas dû qu'au froid de la rue.

3

Lâchant la main de sa sœur, Carina courut à la rencontre d'une femme trottinant dans des bottillons fourrés, un cabas au bras, les cheveux protégés sous une écharpe.
—Eh bien, eh bien, que fais-tu dans la rue ? S'exclamait la dame tandis que Carina se suspendait à son cou.
—Madame Deux-mains, je suis bien contente de te voir ! Je suis avec mamie Gigi et Louba ! On venait justement te chercher pour aller au restaurant.
—Ah ! Voilà, voilà ! Quelle bonne idée !
Après quelques embrassades et explications, le groupe se réfugia dans le bistrot du coin de la rue, qui, en vrai « *bouchon* » lyonnais recevait à la bonne franquette une clientèle d'habitués, d'employés, de vendeuses, de familles ou d'étudiants.

Installées à une table près de la vitre, ayant commandé le menu du jour « avec beaucoup de frites », les quatre amies contemplaient les flocons voltigeant.

—Alors, les enfants, on est en vacances ? On va avoir beaucoup de neige, ajouta madame Dumain le front quelque peu soucieux. Un vrai Noël en somme !
—Madame Deux-mains, l'entreprit Carina sirotant la grenadine que venait de lui offrir le patron, c'est comment ton prénom ? On t'appelle toujours *madame Deux-mains*, mais tu as bien un autre nom ?
Mme Dumain sourit, hocha la tête :
— Je m'appelle Blanche... Enfin, mon prénom complet, c'est... Blanche-Neige... Ma chère maman adorait les Contes des Frères Grimm...
Des exclamations accueillirent ses paroles.
—Tu veux dire les contes de Walt Disney, corrigea Carina qui s'y connaissait en dessins animés. Ça alors ! Blanche-Neige ! Mais alors, tu es une fée ?
—Si seulement, ma petite... Hélas... je crains d'avoir perdu mes ailes...

Elle échangea avec Gigi un regard navré.
—Ces horribles « *New Elegance* » vous ont recontactée, Mme Dumain.... Heu, vous permettez que je vous appelle Blanche-Neige ? Ou Blanche ?
—Mais bien sûr, Gigi ! Vous aussi, vous avez

eu un coup de téléphone ce matin ?
—Oui, ils m'ont dit que vous étiez sur le point d'accepter leur offre...
Mme Dumain reposa son verre de Beaujolais.
—Quoi ? Mais jamais de la vie ! D'ailleurs, le voudrais-je que je n'en ai pas les moyens ! Ma maigre retraite n'y suffirait pas. J'ai, pendant de nombreuses années, été « conjointe-collaboratrice » de mon mari. Nous faisions les marchés en vendant des parapluies... Mon Isidore ne m'a guère laissé de quoi me faire une vieillesse dorée, le pauvre, cela lui donnait d'ailleurs bien du souci... Et bien qu'ayant travaillé pour les plus grands noms de la mode avant mon mariage, « *petite main* », ça ne vous fait pas une bien grosse rente...

Blanche Dumain eut un long soupir, prit une gorgée de vin.
Tandis que les filles se levaient pour consulter au mur la carte des desserts, les deux voisines en profitèrent pour échanger leur inquiétude.
—Et vous, Gigi, avez-vous arrêté quelque chose ?
—Non... je suis comme vous, je n'ai pas de gros revenus. Je pense me tourner vers les

services sociaux. Je continuerai à peindre et à écrire... Et voilà... Je pensais que la vieille maison durerait plus longtemps que nous... Enfin... Jasmine me prendra chez elle, si je le souhaite. Il faudra que je mette mes affaires au garde-meuble. De toute façon, rien ne se fera pendant les vacances, parce que ma fille est en stage pour son travail et je garde les petites. Cela me laissera un peu de temps pour me retourner, mais vraiment, je n'ai aucune idée de l'endroit où je vais aller...
—Mais... Et votre compagnon, votre... Jean-Albert, c'est cela ? Je pensais que... vous auriez pu emménager avec lui...
—C'est fini... avec Jean-Albert...

—Ah... Des fois, la vie n'est pas simple, épilogua Blanche Dumain après un silence.
Le patron apporta des assiettes fumantes, et lança un tonitruant « Voilà les frites !» à l'adresse de Louba et Carina.

—Ecoutez Gigi... Je ne veux pas trop en parler devant les fillettes, dit Blanche à mi-voix. Il ne faut pas les inquiéter, mais si vous voulez venir chez moi prendre un thé cet après-midi, je souhaiterais vous parler de

quelque chose et avoir votre avis... Sans vouloir vous déranger...
—Mais certainement, Blanche, avec grand plaisir ! Est-ce que vous auriez... de nouveaux ennuis, ma pauvre amie ?
Elle posa sa main sur celle de Mme Dumain, et celle-ci répondit en serrant chaleureusement les doigts de sa voisine :
—Non, chère Gigi, rassurez-vous... Mais.. Figurez-vous que... C'est comme si mon Isidore se rappelait à moi...
Elle se pencha vers son vis-à-vis et chuchota :
—Vous savez que je lui parle toute la journée, eh bien... Je crois bien qu'il m'a répondu...

Gigi sourit avec indulgence à sa voisine, dont les pommettes et le bout du nez rougeoyaient à la douce chaleur du restaurant, et aussi du Beaujolais dont elle avait peu l'habitude.

Le déjeuner se poursuivit agréablement et l'on oublia un peu l'incertitude du lendemain. Carina, que la magie de Noël étourdissait, babillait gaiement, se perdant en hypothèses sur les cadeaux apportés par le Père Noël, et le travail que cela représentait pour ses aides les lutins, et pour les rennes, ou plutôt les

caribous au nez lumineux.
—Madame Blanche-Neige, dit-elle entre deux bouchées de tarte aux pommes, est-ce que tu crois au Père Noël ?
—Mais bien sûr, ma chérie. Et même, je vais te confier un secret : j'y crois de plus en plus !
—Alors, plus on vieillit, plus on y croit ? Reprit la fillette, ignorant la bourrade de sa sœur.
—Eh bien, je pense qu'on peut dire cela... émit Mme Dumain après réflexion.

La fillette se pencha vers les deux dames :
—J'ai demandé au Père Noël un cadeau... un peu gros...
—Vraiment ?
—Oui mais c'est un secret... Et puis... Je ne sais pas s'il y aura assez de place dans le traîneau du Père Noël... Oui, mais... Si la neige empêchait le traîneau d'avancer, mon cadeau pourrait l'aider... Parce que... parce que... C'est un cadeau qui a beaucoup de force...
Et comme Louba et les deux dames la considéraient avec étonnement, Carina fit comme si de rien n'était et se tourna vers la vitre, un sourire émerveillé aux lèvres et se

perdit dans la contemplation des flocons tourbillonnant.

Louba surveillait aussi la rue et soudain, elle se leva, prit sa doudoune et fila vers la porte.
—Où vas-tu, ma chérie?
—Medhi vient nous rejoindre, mamie ! Je cours le prévenir qu'on est là !
Comme Gigi, surprise, ne disait mot, Mme Dumain sourit malicieusement :
—Il faut bien que jeunesse se passe...
—Medhi a son permis de conduire, c'est un grand ! Exposa Carina. D'ailleurs, il va nous emmener à la Part-Dieu, tout à l'heure. On doit choisir des cadeaux pour que le Père Noël nous les apporte après! Mais chut ! C'est un secret !
—Comment ça, la Part-Dieu ? Je ne suis pas au courant !
—Maman ne t'a rien dit, mamie? Pas étonnant, elle est toujours pressée !
Carina haussait les épaules, secouait la tête avec une affectueuse indulgence comme si elle parlait d'une de ses camarades et non pas de sa mère.
—Tu veux que je te dise, mamie Gigi, maman, elle travaille trop !

—Et comment comptez-vous y aller, à la Part-Dieu ? Reprit Gigi un peu contrariée. En voiture, avec cette neige qui semble vouloir rester au sol ?
—Mais non mamie ! En bus et en métro, tiens ! Medhi connaît toutes les lignes. Son papa travaille dans le métro, tu sais ? Il est chef !

Cependant, Louba s'approchait de la table, remorquant un grand jeune homme aux boucles brunes, en caban noir et écharpe rayée, l'air timide mais souriant derrière de petites lunettes rondes. Ce qui lui donnait l'air d'un poète d'une autre époque. Il s'inclina respectueusement, tandis que Louba, toute rose et essoufflée, expliquait :
—Je vous présente Medhi, un copain...
—Notre copain ! Souligna Carina, s'emparant de la main du jeune homme. C'est notre Ange Gardien !

—Louba, tu ne m'avais pas dit que vous comptiez faire des courses tantôt !
—Ben en fait, mamie, on n'a pas eu le temps de se parler depuis ce matin. Carina n'arrête pas de faire la conversation ! dit-elle en tirant

une des nattes de la fillette, qui ouvrit une bouche ronde pour protester.

—Et vous comptez emmener la petite, avec la foule des grands magasins ?

—Mamie, rugit l'intéressée, je ne suis pas si petite que ça ! Et puis pour choisir les cadeaux, ils ont besoin de moi !

—Ne t'inquiète pas, mamie, souffla Louba se penchant pour entourer de ses bras le cou de Gigi et poser un baiser sur sa joue. Medhi nous protège, comme l'a si bien dit Carina !

—Nous serons de retour pour six heures, expliqua Medhi. Ne craignez rien, madame, je veille sur vos petites-filles.

—Soit... Mais soyez bien prudents, et, Carinou, tu ne lâches pas la main de ta sœur, n'est-ce pas ?

—T'inquiète, mamie chérie... souffla la petite, en déposant un gros baiser sur la joue de Gigi. Elle alla aussi embrasser Mme Dumain, et le trio sortit dans les piquantes bourrasques.

—Ne vous en faites pas, Gigi ! Ce jeune homme m'a l'air bien raisonnable, et votre Louba aussi. Quant à Carina, elle est plus réfléchie que nombre de ses petites amies et même, d'autres fillettes plus âgées !

—C'est que je vieillis, Blanche... C'est comme si, à présent, j'avais peur de tout... Et puis... Jasmine aussi me donne du souci. Elle me semble si fragile, ces temps-derniers. Je suppose qu'elle s'inquiète pour sa petite...
—Vous savez, elle s'élèvera comme les autres, votre Carina. Regardez, vous avez même à présent des petits trisomiques qui se marient.
Gigi leva vers Blanche des yeux pleins de larmes.
—Allez, Gigi ! On se ressert un peu de ce bon vin ! Vous êtes fatiguée, c'est tout ! Décréta Mme Dumain. Avec toutes ces péripéties... Et ces *New Elegance* qui nous embêtent... Mais on en a vu d'autres, vous et moi, pas vrai ? Vous verrez ! Faisons confiance à la providence, faisons confiance à la vie !

—Vous vouliez me parler de quelque chose ? Demandait Gigi, essuyant ses paupières d'un revers de main.
—Oui... Il faut que je vous montre... Mais allons à la maison, enfin... Quand je dis « *la maison* »... Elle ne l'est plus pour bien longtemps...

4

Assise à la table de salle à manger, Gigi observait autour d'elle ce cadre de vie, le même depuis cinquante ans peut-être bien, dans lequel évoluait sa voisine la dentellière. Dans un cadre ovale de bois doré, des photographies en noir et blanc pour la plupart, souriaient au passé. Au mur, une basse-cour colorée picorait les heures d'une pendule de porcelaine que Gigi n'avait jamais vue arrêtée. Mme Dumain y portait souvent le regard, comme pour se reposer sur cette scène champêtre lorsque cessait un instant le clic-clic des fuseaux.

Carinou demeurait des heures aux pieds de la vieille dame, fascinée par ce ballet immuable des mains fanées mais spirituelles.
—Madame deux-mains, disait la fillette, on dirait que tes mains ont des yeux. Comment tu fais pour ne pas te tromper ?
—C'est que, ma petite-fille, j'ai vu ma mère et ma grand-mère faire de même et moi, pas plus grande que toi, j'avais déjà un carreau comme

celui-ci quoique plus simple, sur lequel je tendais ma dentelle...
—J'aimerais bien apprendre moi aussi... soupirait Carinou. Mais c'est tellement difficile de rester assise pendant des heures...

Gigi posait les yeux sur le mobilier comme si elle ne l'avait jamais vu. Etait-ce parce que le départ était imminent ? Elle regardait les meubles Henri II bien cirés avec une sorte de recul, comme si s'estompait la chaleur du décor familier, conscient lui aussi que l'heure de la séparation approchait.
« *Objets inanimés, avez-vous donc une âme...* »

Mais Blanche Dumain revenait avec une longue enveloppe bise et la posa sur la table. Pitou, la chatte rousse qui adorait les livres et le papier, vint s'asseoir sur le document.
—Blanche, qu'allez-vous faire avec vos meubles ?
—Oh... Vous savez Gigi, ce sera l'occasion de faire du vide. Où que j'aille, je n'aurai plus besoin de tout cela et je suis bien certaine que je ne pourrai pas de toute façon emporter toutes ces choses avec moi. Demain, un

brocanteur doit venir : il va prendre la salle à manger de ma belle-mère et la chambre à coucher à coquilles Louis XV...

« Je laisse les tentures qui ne supporteraient pas une nouvelle séance au pressing. Je n'emporterai que deux ou trois petits meubles que j'aime et une valise de linge et de bibelots... Nombre d'objets iront au dispensaire des Sœurs de Sainte-Thérèse. Mon carreau de dentellière, ma vieille radio, quelques casseroles et voilà tout... Le plus important pour moi, c'est ma Pitou...

Entendant son nom, le bel animal marchait sur la nappe et venait pousser de sa douce tête ronde la main de Gigi, avant de s'en aller léchoter affectueusement les doigts de sa maîtresse.

—Elle est inquiète... dit Blanche. Quoique... Curieusement, depuis que j'ai reçu ce courrier, elle paraît plus paisible.

—Elle est magnifique, votre Pitou ! Vous verrez, Blanche, dit Gigi, retrouvant soudainement une sorte d'énergie, on va trouver une solution !

—Regardez ceci, Gigi...

Blanche Dumain avait chaussé ses lunettes,

retirait de l'enveloppe une feuille de papier bis et la déposa sous les yeux de Gigi. Puis elle ôta de son papier de soie jauni, une ancienne photographie représentant une maison à un étage aux volets fermés, avec un dessous de toit en génoise, comme dans le midi. Au coin du mur, deux visages de grotesques arrondissaient yeux et bouche, comme en extase.

—Lisez, chère Gigi ! Je vais préparer le thé et je reviens.
Blanche Dumain se leva et passant près de la fenêtre, repoussa légèrement le rideau et jeta un coup d'œil au dehors.
—Il neige moins, dit-elle, mais si le vent tourne au sud, on va en avoir des paquets ! D'ailleurs, la météo annonce la neige pour Noël...

Passant dans l'entrée, elle colla son oreille à la porte, un doigt sur la bouche.
—Si je peux me permettre, Gigi, ne parlons pas trop fort.
—Que craignez-vous, Blanche ?
Mme Dumain vint déposer le plateau du thé et se pencha vers Gigi.

—Je crois qu'on me ... surveille...
—Vraiment ? Qui donc ?
—Je ne sais trop. Je ne sais pas pourquoi mais je soupçonne, même si le mot peut paraître fort, les gens de *New Elegance*...
—Pourquoi feraient-ils cela ?
Mme Dumain leva les épaules en signe d'ignorance.
—Ce n'est qu'une présomption mais... Voyez-vous, je ne voudrais pas qu'ils connaissent l'existence de ce courrier...
Gigi demeura muette, les yeux écarquillés, et Mme Dumain poussa l'enveloppe bise vers sa voisine.
—Lisez, Gigi. Lisez donc !
Gigi étudia longuement la double page étalée devant elle. Elle releva bientôt les yeux, posa ses mains sur celles de sa voisine.
—Blanche ! Mais c'est un miracle ! Le Ciel vient à votre secours !
Mme Dumain secoua la tête :
—Eh bien, j'ai eu cette surprise l'autre jour... Un petit *saute-ruisseau* d'un office de notaires des Remparts d'Ainay, quartier où j'ai vécu autrefois, m'a apporté ce pli... C'est une chance que nous nous soyons trouvés au bas de l'escalier... Je crains tellement ces

personnes de *New Elegance*...
— Blanche! Une maison ! Vous rendez-vous compte ? Voilà votre devenir résolu !
—En fait, ma chère petite, je ne sais trop quoi en penser... Peut-être bien que cette bâtisse est une ruine...
—Il semble que non... Etes-vous déjà allée la voir ?
—Certes pas... Cette maison aurait appartenu au parrain de mon pauvre mari Isidore. Une sorte d'original, voyez-vous, un détective privé féru de poésie.
—Un personnage bien sympathique, certainement ! Rit Gigi.
—Remarquez bien que dans son genre, il n'avait rien à envier à son illustre congénère...

Blanche Dumain marqua un temps, puis, mezzo voce, dans un sourire malicieux :
—Le Facteur Cheval !
Gigi ouvrit de grands yeux :
—Vous voulez dire que votre maison est située à … Hauterives ? La patrie du célèbre bâtisseur ?
—Mais oui, chère Gigi... Apollon Farine, détective privé de son état, était apparenté aux

dames Paindoré de Saint-Siméon-de-Bressieux, très estimées de toute la région. Un vrai enfant des Chambarans ! Ensuite, il s'est établi non loin, dans la Drôme, à Hauterives. Il se disait que le Facteur et lui aimaient à parcourir les bois de conserve et échanger leurs idées sur le monde et aussi déclamer de la poésie. C'est drôle... j'avais complètement oublié tout cela. Eh bien, voyez-vous, notre poète, lui, se souvenait de nous...

La dame demeura un moment songeuse :
—Il faut dire qu'Apollon avait un faible pour l'enfant que fut mon mari. Je me souviens qu'Isidore me racontait souvent toutes sortes de légendes merveilleuses sur la forêt des Chambarans... Les loups-garous, le baron des Adrets...
—Oh ! Blanche ! S'extasiait Gigi ! Mais c'est merveilleux ! Regardez cette merveilleuse opportunité !
—Oui ma chère, c'est vrai... Mais imaginez que cette maison ne soit pas habitable... La lettre précise qu'elle est meublée, mais depuis tout ce temps... Rendez-vous compte... C'est peut-être plein de parasites et d'humidité...
A mon âge, même si la vieille chaudière de

notre immeuble laisse à désirer, on aime un tant soit peu de confort...
—Il me semble que le courrier le préciserait, si cette maison était vétuste... D'ailleurs, elle était habitée, il y a peu de temps encore. Regardez Blanche, on mentionne le nom de M. Lancelot Verrier qui a vécu dans la maison jusqu'à son décès en 2009...
—Mais alors, depuis tout ce temps, il n'y aurait personne entre ses murs... réfléchissait Mme Dumain.
— Cela paraît peu probable... D'ailleurs, le document n'en dit rien...
—M. Journet, dont le nom est indiqué ici, l'envoyé du notaire qui nous remettra les clés, nous expliquera tout cela... Et puis, ai-je le choix...

Gigi réfléchissait âprement.
—Ce monsieur Lancelot Verrier était de votre famille, Blanche ?
—Eh bien, si c'est le cas, je l'ignorais jusqu'ici... Sans doute était-il apparenté au parrain d'Isidore, le détective Apollon Farine dont je vous ai parlé.
—C'est étrange tout de même que cette lettre vous soit remise juste lorsqu'il faut que vous

quittiez l'appartement.
—En effet... La coïncidence me donne à m'interroger...

Cependant, Blanche s'était approchée de la porte sur le bout de ses pantoufles, et écouta... Puis elle revint s'asseoir et Gigi l'interrogea du regard.
—Que pensez-vous de ces gens de *New Elegance*, ma chère amic ?
—Pas beaucoup de bien, Blanche... Ce sont des requins, je crois... Cette femme, Aline je-ne-sais-plus-comment, m'a dit que vous étiez sur le point d'accepter leur proposition de relogement...Vous devriez être prudente... S'ils savaient que vous héritez cette maison …

Blanche prit dans ses mains les doigts de Gigi et à voix basse, avec de temps à autre un œil vers la porte d'entrée :
—Non, non, je me suis bien gardée d'en parler... Je ne le dis qu'à vous... Ces *New Elegance* me croient plus gâteuse que je ne suis... Mais... je me demande s'ils ne se douteraient pas de quelque chose... Je trouve qu'ils ont une façon outrée de me caresser dans le sens du poil, de vouloir s'occuper de

tout... qui me gêne... Et puis, il y a cet homme... Vous savez, pendant la guerre, j'étais une enfant, mais je portais des messages aux résistants via les *traboules*... Je sais bien reconnaître quand on me suit...
—Et... Un homme vous suit.. ?
—J'en jurerais...
—Comment est-il ?
—Difficile à dire... Peut-être est-il vêtu de noir, assez grand et mince... Ou peut-être sont-ils deux... Une femme également...
—Pourquoi ferait-on ça ?
—Pour m'effrayer sans doute... Peut-être sont-ce là les moyens employés pour infléchir les récalcitrantes de notre espèce, n'est-ce pas ma chère Gigi...
—Mais alors, qu'allez-vous faire ?
—Partir, quoi qu'il en soit... Impossible pour moi de me parquer au dernier étage d'une tour de béton ... Que ce soit chez les *New Elegance* ou ailleurs...

Blanche Dumain marqua un temps, puis :
—Gigi, je souhaiterais aller voir cette maison à Hauterives. M'accompagneriez-vous ? Je dois prendre contact avec ce M. Journet, envoyé d'un notaire de Hauterives qui me

remettra les clés. Je me suis renseignée pour louer un taxi et...
Gigi ouvrit grands la bouche et les yeux :
—Mais j'y pense, Blanche ! J'ai... J'ai une voiture... Et fut un temps, aucune route ne me faisait peur ! Je vous conduirai à Hauterives !
—Je ne pensais pas que vous saviez piloter ces engins !
—Pour tout vous dire, moi non plus... Mais... Il vient de me revenir que ... j'ai une automobile, un cadeau de... un ami. Une vieille 4L parquée dans un hangar aux Portes de Lyon... Si bien sûr, elle est toujours à la même place... Ecoutez, Blanche, me laissez-vous demander à mon vieil ami Miguel de s'assurer que la voiture est en état de rouler ? Nous n'avons d'argent ni l'une ni l'autre ! Ainsi, pas besoin de taxi... Sinon, Miguel trouvera bien une autre solution ! Vous pourrez même emporter quelques paquets, si vous le désirez !
—Mais avec cette neige, Gigi, n'est-ce pas bien dangereux... Et ce jeune homme, Miguel, qu'en pensera-t-il ?
—Oh... Eh bien, nous ne nous voyons que de loin en loin... Disons que nos vies d'étudiants des années 70 ont pris chacune leur chemin...

répondit-elle légèrement rougissante. Mais s'il est disponible... C'était... C'est quelqu'un de très serviable !

« Mais qu'est-ce qui me prend... Ne dirait-on pas que j'ai quinze ans...

—Oh ! Oui ! Quelquefois, notre vie prend de drôles de chemins... Gigi... chuchota Blanche. Je souhaiterais vous proposer aussi quelque chose...

Pour fêter cet événement inouï, les deux femmes partagèrent un doigt de porto et papotèrent longuement, tandis que Pitou ronronnant venait pousser leurs mains de son petit front têtu, réclamant ainsi de partager l'espérance de lendemains moins sombres.

5

—Ne quittez pas, madame, je vais voir si M. Berliner est disponible.

Gigi s'était évertuée à expliquer à la personne de l'accueil de la mairie de Vaux-en-Velin, le sens de sa démarche.

—Oui, bien sûr, M. Berliner est en retraite, mais c'est un ami, et il est toujours consultant auprès du service culturel, me semble-t-il et oui, en fait, si vous voulez bien lui dire que c'est Gigi qui le demande, Gigi, c'est ça, alors, si vous pouvez lui dire que Mme Ganivet a besoin de lui, enfin non, plutôt, qu'il faut qu'elle lui parle d'urgence. Parce que c'est urgent.

—J'ai bien compris, madame Ganivet, c'est urgent, répondit l'obligeante employée, restez en ligne, je vais voir...

Gigi poussa un énorme soupir de soulagement, comme si le plus gros était fait. Il lui était venu l'idée de cette possibilité de voiture comme s'il s'agissait de la chose la plus naturelle du monde, et à présent, elle

mesurait le saugrenu de sa démarche.
Miguel... Qu'elle n'avait pas revu depuis au moins... Ça datait de quand, au juste...
Interloquée, Gigi s'aperçut soudain qu'elle pensait à Miguel régulièrement, d'ailleurs, elle le voyait dans le journal, sur internet, un peu partout, ce n'est tout de même pas comme s'il avait disparu de la planète... Et puis, un premier flirt, enfin, un peu plus que ça, ça crée des liens indéfectibles, peut-être... Peut-être bien...

A l'autre bout de la ligne, une voix mâle, un peu rauque, bien connue, dit « allo », et Gigi faillit tomber de sa chaise ou plutôt, elle se dressa droite comme un i et bafouilla un pitoyable : « *C'est Gigi* » enroué, et les autres mots qui se bousculaient vers ses lèvres pour expliquer sa démarche, se télescopèrent dans un bégaiement indistinct. Son cœur battait dans sa gorge.
« *Mais je deviens folle, ou je couve la grippe...* » s'inquiéta Gigi.
—Mme Ganivet ! Quelle bonne surprise ! Émit la voix enjouée de Miguel. Sa remarque se termina sur une discrète petite toux, et Gigi se dit qu'il devait fumer, comme toujours.

—Je te dérange... Je suis désolée...
—Gigi, reprit-il sur ce ton grave et suave qui faisait que l'on tendait immanquablement l'oreille, combien de fois t'ai-je dit de ne jamais dire : « *je suis désolée...* » Que se passe-t-il ?

Sa voix se faisait attentive, plus douce et Gigi lui sut gré d'aller à l'essentiel, de ne pas insinuer qu'ils ne s'étaient pas vus depuis une éternité et que finalement, elle l'appelait quand elle avait besoin de lui... Parce qu'elle ne pouvait compter que sur lui...
—J'espère que tu vas bien... et que ta famille va bien aussi... dit-elle platement.
—Tout le monde va bien... Toi aussi ? Que puis-je pour toi ?
Gigi prit son courage à deux mains. En conversant avec sa voisine, elle n'avait pas pensé que ce serait si difficile. Au fond, elle l'avait là, au bout du fil, il n'avait pas disparu de son univers. C'était déjà ça ! S'il la prenait pour une folle, ce ne serait que moindre mal.
Elle exhala un si profond soupir que Miguel qui tendait l'oreille, tout rafraîchi par ce coup de téléphone, l'interpréta comme un signe de gros souci et il prit les devants :

—Alors comme ça, tu vas venir vivre près de chez moi ?
—Sûrement pas !
Puis se radoucissant :
—Comment sais-tu ça, Miguel ?
—Oh... J'ai eu l'opportunité de voir la liste des logements attribués par la société *New Elegance* qui séjourne dans nos murs... Et d'assister incidemment aux fréquentes visites de ces promoteurs aux services sociaux de la ville. J'avoue avoir été plus qu'étonné d'y voir figurer ton nom... Et celui d'une dame qui doit être ta voisine...
—Oui, Blanche Dumain est dentellière. Mais ni Mme Dumain ni moi-même n'avons quoi que ce soit à faire avec ces personnes !
—Fort bien ! Je pensais que c'était pour cela que tu m'appelais. Pour essayer d'appuyer ta demande auprès des instances dirigeantes de la cité.
—Non mais dis donc ! Est-ce que je t'ai jamais demandé un passe-droit ?
—Bon, bon... Alors, dis-moi, voilà, j'ai compris : je te manquais trop et tu viens enfin m'avouer toute la tendresse que tu éprouves pour ma modeste personne, c'est ça ?

Gigi eut un petit rire idiot qui ressembla à un sanglot. La tension nerveuse des derniers mois, Jean-Albert, les enfants, tout ça, le départ forcé... Gigi crut qu'elle allait pleurer comme ça, bêtement, et Miguel la repêcha :
—Allez ma belle, dit à ton vieux pote Miguel ce qui ne va pas...
—Je ne veux pas te déranger...
—Je t'écoute !
—Voilà...C'est au sujet de la 4L... Je me demandais si... si tu l'avais encore...
—Tu veux parler de *la* 4L que je t'avais fièrement offerte pour tes vingt ans, et qui devait nous emmener autour du monde, et que tu as dédaignée pour aller épouser un parvenu qui roulait en Porsche et que...
—Je t'en prie, Miguel, c'est loin tout ça...
—Comme tu dis... Et en quoi cette vieille 4L t'intéresse-t-elle ?
Gigi avala péniblement sa salive.
—J'ai... J'ai besoin d'un véhicule... Et j'ai pensé à la 4L, je ne sais pas pourquoi... Mais je suis stupide. Tu vas me dire qu'elle est à la ferraille depuis longtemps... Comme moi d'ailleurs, dit-elle dans un petit rire rouillé. Sais-tu que je suis frappée d'une *moins-value irréversible*...

—*Moins-value irréversible*. Tiens donc... C'est grave, docteur ?
—Et puis, si tu comptes les *New Elegance* dans tes relations, je te prie de ne point leur rapporter notre conversation ! Poursuivit Gigi, étonnée de son propre ton peu amène.
—Si cela peut te rassurer, je me tiens le plus possible éloigné des ces piranhas.
—Excuse-moi... Je suis un peu à cran en ce moment...
—Ma chère, le témoin carrossé de notre folle jeunesse est comme neuve, bien campée sur ses quatre roues, nantie d'une assurance en bonne et due forme, entretenue comme la flamme de mon amour pour toi, et à ta disposition, si tu l'agrées...
— Tu veux dire... Tu veux dire que tu me la prêterais ?
—Je l'abreuverai même de carburant jusqu'à plus soif, et plus si affinités, si tu y tiens... C'est pour quand le départ ?
—En fait, au plus tôt, s'il n'y a pas trop de neige...
—Alaska ? Laponie ?
—Euh... Un peu plus près quand même... Si tu voulais prendre un café avec moi, je te raconterais. Mais il faut que tu me promettes

la plus grande discrétion. N'en parle absolument à personne !

—Fichtre ! Tu m'inquiètes... Même pas une bafouille à Interpol ou au zinc de mon bouchon préféré ?

—Même pas ! Je propose qu'on se retrouve aux Terreaux si tu veux bien, par exemple après-demain à l'heure qui te conviendrait...

—Tu déjeunerais avec moi ?

—Non, j'ai les enfants en ce moment.

—Amène-les, ces chers petits, et prie Mme Dumain d'être des nôtres, je suis certain que son âme et son discours sont aussi subtils que ses créations !

—Mais je ne sais pas si...

—Je réserve pour après-demain midi chez *Mimile-les-Belles-Pognes*, rue Garet.

—Louba aura certainement son petit copain et je ne peux pas...

—Va pour le petit copain. A vendredi ma belle. Je suis vraiment content de t'entendre.

Le temps de murmurer « *moi aussi* », et la communication fut coupée.

Gigi demeura l'écouteur à la main, avec l'impression de repriser le temps, de ciseler une sorte de trame de dentellière comme les

fuseaux de Mme Dumain qui s'entremêlaient à vous faire perdre votre bon sens.
« Miguel a raison... »
Et au bout du compte, il y avait un nouveau dessin qui se profilait sur le carreau de bois sculpté du Queyras : un modèle unique, comme la vie de chacun.

La fin d'après-midi au ciel gros de neige se termina pour Gigi et les enfants autour de la table de Mme Dumain. Les deux femmes avaient décidé une réunion extraordinaire, après que Gigi eut rapporté la décision de Miguel de les aider. Mme Dumain en fut ravie autant pour leur projet que pour l'avenir de sa voisine.
« Quelle bonne idée d'avoir fait appel à ce jeune homme », pensait Blanche.
Car tous les hommes d'une génération de moins qu'elle étaient des jeunes gens.
« Comme Gigi serait heureuse avec cet homme serviable... » soupirait-elle.

S'étant concertées, les deux amies décidèrent de mettre les enfants au courant. Gigi avait toute confiance en Louba, cette jeune fille si mûre pour son âge.

Ce jeune Medhi lui ressemblait par son sérieux, quant à Carinou, elle avait cette façon de vous écouter gravement, comme soupesant les enjeux de sa conduite quand vous lui confiiez quelque chose d'*importantissime*, - elle adorait répéter ce mot -, et quand elle promettait le secret, il ne pouvait être mieux gardé que dans sa petite caboche têtue.

A l'heure prévue, les jeunes furent de retour, ayant respecté leur promesse de ne pas se laisser prendre par l'atmosphère d'euphorie des grands magasins.
Les yeux de Carinou scintillaient et elle passait du plus parfait mutisme, l'esprit dans les étoiles, à un babil ininterrompu et décousu qui décrivait des vitrines habitées de marionnettes mutines, des papiers de soie colorés et bruissants, des habits de fée, des bijoux «*encore plus beaux que les vrais*», pour les étrennes de maman Jasmine.
—Il faut que je recompte encore mes sous, tu m'aideras mamie Gigi ?

Mme Dumain proposa une crêpes party et Carinou se dit que décidément, la vie était belle. Protégée par un long tablier de madame

Deux-mains, Carinou effectuait des allées et venues entre la cuisine et la salle à manger, apportant sucre, confitures et mousses au chocolat. Depuis midi, elle n'avait pas encore réclamé Jasmine et Gigi se rasséréna un peu.

—Nous avons une invitée surprise... annonça Mme Dumain. Sœur Céline, de la congrégation de Sainte Thérèse. Vous la connaissez tous, bien entendu !
Le timbre fêlé du palier retentit et Mme Dumain revint bientôt, tractant la religieuse avec Carinou pendue à ses basques.
Carinou était fascinée par la cornette empesée qui coiffait la bonne sœur, avec ses drôles de petites ailes volant au vent. Cette vague similitude avec les chapeaux des fées et autres couvre-chefs du Moyen Âge conférait à la bonne dame, selon la petite fille, d'incontestables pouvoirs surnaturels !

—J'ai demandé à Sœur Céline un petit coup de main ! Chuchota Mme Dumain avec un air de conspiratrice.
—Dieu merci, dit l'arrivante que Gigi aidait à ôter sa pèlerine sombre, la neige s'est arrêtée !

—Si les intempéries pouvaient nous laisser le temps de faire ce que nous avons à faire... soupira Blanche Dumain.
—Hélas, on annonce beaucoup de neige pour la fin de semaine...
—Il faudra faire vite... soupira Gigi, échangeant avec Blanche un regard inquiet.

Sœur Céline, vive sexagénaire au franc parler, tenait lieu dans le quartier, d'infirmière, de garde-malades, de nounou et de tout ce qui pouvait rendre service. Quatre religieuses entretenaient ainsi, aidées par la Paroisse et les services de la Mairie, une sorte de dispensaire où tout un chacun était accueilli avec bienveillance pour des distributions de soupes et de cafés chauds, de conseils avisés et de vêtements douillets. Toutes les communautés adoraient ces âmes généreuses qui le leur rendaient bien.

—Ma bonne Céline, fit Blanche, cette année, je crois bien que nous n'irons pas à la messe de minuit de l'arrondissement.
—Et pourquoi donc ? S'insurgea la sœur.
Mme Dumain se pencha vers la religieuse :
—Nous allons bientôt partir, ma sœur...

—Hé ! Je le sais bien ! Ça n'est pas une nouvelle !

Comme la veille avec Gigi, Blanche invita les conspirateurs à se regrouper sous la suspension de verre dépoli. Puis elle jeta un regard vers les doubles rideaux tirés, et la porte d'entrée où la chaîne avait été mise.

—Vous m'inquiétez, Blanche, dit Sœur Céline, humant le lait chaud au miel qu'elle affectionnait. Son péché mignon, avec la lecture des romans policiers.

Blanche alla chercher la longue enveloppe bise, montra lettre et photographie. Ce fut autour de la table un concert d'exclamations. Sœur Céline, paumes jointes, prenait à témoin le Ciel de cette bonne fortune qui tombait à point nommé.

—Ah ! Blanche ! Dieu soit loué ! Votre souci n'en est plus un ! Vous allez être chez vous, dans une maison qui vous appartient ! Voyez comme vos aïeux ont pris soin de vous à travers le temps ! Mais... Comment allez-vous procéder ?

Carinou ouvrait tout grands les yeux et les oreilles, même si elle ne comprenait pas tout

des mines émerveillées, des sourires radieux partagés autour d'elle. Mais ils lui disaient assez que les lourds nuages noirs amoncelés depuis plusieurs mois au-dessus de têtes qu'elle chérissait, semblaient vouloir enfin se dissiper.
—Est-ce qu'on pourra annoncer la nouvelle à maman Jasmine ? Demanda-t-elle timidement. C'est que... je n'ai pas tout compris...
—Nous allons attendre encore un peu, ma chérie... Nous lui ferons la surprise... Pour le moment, il ne faut parler de rien, car de mauvaises personnes pourraient entendre...
—Mais... Où sont ces mauvaises personnes, mamie ? Demandait Carinou regardant autour d'elles ceux qu'elle aimait.
—Eh bien, elles ne sont pas ici, bien sûr, mais je t'expliquerai !
—Mais alors, Pitou et Mme Deux-mains vont avoir une nouvelle maison ? C'est ça ? Et toi mamie ? Tu vas rester toute seule. Tu vas venir habiter chez maman Jasmine, n'est-ce pas ?
—Eh bien voilà la grande nouvelle... dit Blanche Dumain, ménageant le suspense. Gigi va venir habiter avec moi. Si l'endroit lui

plaît, elle restera. Vous serez chez vous, chère Gigi !
Louba vint serrer Gigi dans ses bras tandis que Carinou sautait autour de la table en battant des mains.

—Mes enfants, reprit Mme Dumain, j'ai besoin de vous tous... Venez que je vous montre d'abord cette maison qui m'a été léguée par le parrain de mon défunt mari... Enfin, par ses descendants, si j'ai tout compris... Le propriétaire de la maison, M. Lancelot Verrier, est décédé en 2012. Quel dommage que je n'aie pu le rencontrer plus tôt... La vie est bizarrement faite...
—Les Voies du Seigneur sont impénétrables, ma chère amie. L'essentiel est que vous n'ayez plus à décider où partir ! L'Univers a choisi pour vous !
—C'est ma foi vrai... Et j'aurais pu tomber plus mal!

Lorsque Blanche eut expliqué que la maison se trouvait sur la commune de Hauterives dans la Drôme, Medhi étouffa un cri de surprise.
—Vous voulez dire, Mme Dumain, que votre

maison est dans le même village que le Palais Idéal du Facteur Cheval ?
—Le Facteur Cheval... Celui du film de Nils Tavernier ? S'extasiait Louba incrédule.
—Exactement, confirma Mme Dumain. Et si j'ai tout compris, elle n'en est pas très éloignée à vol d'oiseau !
—Mais... On n'est pas des oiseaux... s'effarait Carinou qui papillonnait cependant de l'un à l'autre en récoltant au vol des bribes de conversation. Est-ce que... Il est beau le Palais de ce Facteur ? Comme celui d'un roi ? Est-ce que c'est un vrai facteur qui porte des lettres ?

—C'était un vrai facteur, exposa Blanche Dumain, un vrai facteur qui faisait plus de trente kilomètres à pieds chaque jour pour porter des lettres jusque dans des fermes perdues au fin fond de la campagne... Il s'appelait Ferdinand Cheval. Et au long de ses tournées par des chemins bordant des forêts et des rivières, il rapportait dans une brouette des tas de pierres grosses ou petites, et avec ces pierres, en les arrangeant à sa façon, il a imaginé qu'il en ferait un Palais, et … il y est parvenu ! Les gens de son époque le prenaient souvent pour un fou, de perdre tant de temps à créer on ne savait trop quoi... Et aujourd'hui, les gens viennent du monde entier visiter le Palais Idéal du Facteur Cheval!

Carinou réfléchissait, retroussant son petit nez. Elle posa sa menotte sur la main un peu déformée par l'arthrose de Mme Dumain :
—Eh ben, ce facteur, je crois qu'il faisait comme toi avec tes petites bobines pour faire de la dentelle, Mme Deux-mains. Lui aussi avec ses deux mains, il empilait des tas de pierres, comme toi des tas de points et petit à petit, ça avançait. Les gens ne pouvaient pas savoir tout de suite ce qu'il faisait mais lui comme toi, il tricotait des petites pierres, il avait déjà sa dentelle toute prête dans sa tête, et il voyait très bien à quoi ça ressemblerait à la fin ! »

La fillette marqua un temps, étonnée d'avoir tant parlé, renifla un bon coup et poursuivit :
—Mais en vrai, c'était pas de la dentelle de fil comme toi, c'était plutôt de la dentelle... de la dentelle... de son âme... Et après, quand c'est fini, c'est plein d'amour, comme ta dentelle à toi... Et les gens, alors, ils comprennent...

Carinou, joignant ses menottes, interrogeait du regard son petit monde. Le silence s'établit et tous les yeux contemplaient cette enfant douce et intelligente, cet ange sur terre. Mme Dumain lui tendit les bras et Carinou vint s'y réfugier, et tous partagèrent ce moment de tendresse et d'émotion.

—Bon, ce n'est pas tout ça... dit Sœur Céline essuyant ses yeux du coin de sa cornette. J'ai cru comprendre que des brocanteurs viennent demain enlever vos gros meubles ?
—Oui, dit Gigi. Aux premières heures. Mais si vous voulez bien nous dire ce que vous souhaitez garder pour votre dispensaire, nous ferons le tri de nos affaires. Pouvez-vous vous libérer la journée de demain ?
—Celle de demain et celle d'après-demain, avec plaisir, mes chères dames.
—Jeudi, nous devons rencontrer le propriétaire du véhicule qui nous emmènera. Puis-je vous demander, Sœur Céline, de veiller sur Pitou pendant notre absence ?
—Bien entendu, Blanche. Avec votre permission, je viendrais finir de préparer ce que mes sœurs veulent emporter.
—Bien certainement.

—Mais Blanche, vous parliez tout à l'heure de gens malintentionnés. Pouvez-vous nous dire ce qui vous préoccupe ?

Mme Dumain évoqua le harcèlement des *New Elegance*, cette impression qu'elle avait d'être suivie.
—Qu'en pensez-vous Sœur Céline ? Aurais-je des hallucinations ?
—Il arrive que ces gens aient parfois des méthodes discutables pour arriver à leurs fins... Mais ne vous inquiétez pas ! Sœur Marcelle garde la boutique, mais Sœur Caroline et Sœur Gabrielle m'accompagneront et nous veillerons ensemble sur votre Pitou et sur vos murs. Tout comme moi, mes sœurs adorent les enquêtes policières, et ce n'est pas deux ou trois petits requins de quartier qui vont leur faire peur !

Ce soir-là, le petit groupe eut beaucoup de mal à trouver le sommeil. Medhi avait prévenu Mme Ben Careh qu'il dormait chez la voisine de la grand-mère de Louba pour être sur place le lendemain afin de préparer leur déménagement.
—Je me suis fait enguirlander, avoua-t-il en

refermant son téléphone. Maman me dit que si elle l'avait su, elle aurait préparé un couscous pour demain... Je ne serais pas surpris de la voir débarquer : elle a toujours peur que nous mourrions de faim !

6

—Medhi! Medhi ! Où es-tu mon fils ?
Le jeune homme se pencha à la fenêtre :
—Je suis là, m'man ! Je descends !
—Je suis avec l'épicier ! Viens nous donner un coup de main !
Medhi se tourna vers Gigi qui rangeait des verreries dans un carton:
—C'est m'man ! Qu'est-ce que je vous avais dit ?
—Ah ! Parfait ! Je serai ravie de connaître ta maman !
—Je descends avec toi, dit Louba. Et passant près de sa grand-mère en lui volant un baiser :
—Comment je suis ?
—Magnifique, ma chérie ! Comme toujours !

Et souriant avec indulgence, Gigi traversa le palier pour rejoindre Blanche Dumain et Carinou qu'elle trouva très occupées à inventorier le contenu d'une malle dans un cagibi du fond de l'appartement, une sorte de grenier plein d'objets hétéroclites comme la caverne d'Ali Baba. L'enfant poussait des cris

de joie en découvrant de vieux joujoux comme elle n'en avait jamais vus.
—Mamie ! Mamie ! Madame Deux-mains me donne tout ce qu'il y a dans cette grand boîte, si je veux ! Est-ce que tu peux m'aider à l'emporter ?
—Vraiment, Blanche ! Ces jouets sont anciens, ils ont de la valeur !
—Prenez tout ce que vous voulez, ma chère amie. Le reste ira au brocanteur et aux sœurs ! Si cela peut amuser cette fillette !
—Et Louba a trouvé des robes de princesses et des chapeaux magnifiques ! Madame Deux-mains les lui donne aussi !

Gigi tomba en extase devant un ravissant bureau couvert d'ans et de poussière. Galbé, incrusté de bois de rose et de violette, c'était sans conteste un très joli meuble de prix. Comme Gigi le faisait remarquer, Mme Dumain déclara que tout ce qui se trouvait dans le réduit et qui plairait à Gigi, serait à elle.
—Je ne peux pas accepter, Blanche. Un antiquaire vous en donnera un bon prix, vous savez !
—Prenez et emportez chez vous avant que le

brocanteur n'arrive, ma chère. C'est avec grand plaisir ! Tout ceci venait de la famille de mon Isidore. Tenez ! Mon carreau de dentellière appartenait à son parrain Farine, enfin plutôt aux tantes de ce dernier. Isidore disait que ce carreau avait été acheté à un colporteur. Et beaucoup des objets que vous voyez là appartenaient à l'épouse de son meilleur ami, également détective de son état. Cette jeune femme était d'une très bonne famille. Je vous raconterai quand nous serons plus tranquilles l'épopée romanesque de cette belle dame des années 1900 qui était journaliste !
—Vraiment !
—Cette jeune personne et son époux s'embarquèrent en 1912 pour l'Amérique... Hélas... En avril 1912... Sur le Titanic...
—Le Titanic ? C'est passionnant quoique bien triste! Ont-ils échappé à leur funeste destin ?
—Isidore avait souvent interrogé son parrain, qui demeurait très évasif là-dessus. Après une enquête menée dans les Chambarans au début des années 1900, le détective ... Wilhem, oui, je crois que c'était là son nom... et son épouse qui portait un prénom très romantique :
-Albérique -, décidèrent de s'expatrier

quelques années plus tard, après avoir vécu à Paris. Albérique donna le jour à un enfant avant de s'embarquer pour l'Amérique... Il paraît qu'ils formaient un très beau couple...
—Et leur bébé ? A-t-il péri lui aussi ?
—Eh bien, Isidore n'a rien pu me dire à ce propos.

Gigi demeura songeuse.
—C'est très émouvant tous ces objets témoins d'une vie passée... Comme j'aimerais en savoir plus, sur le destin de ces personnes atypiques...
—Voyez-vous Gigi, Isidore semblait éprouver des réticences à évoquer la vie de son parrain qu'il semblait pourtant chérir, et les péripéties de cette époque. Puis il y eut ce que l'on appela la Grande Guerre, et Isidore quitta les Chambarans avec ses parents pour travailler à Lyon, où nous nous rencontrâmes dans les années quarante... Ah ! Nous étions bien jeunes...
—Comme tout cela est intéressant ! Vous devriez écrire vos mémoires, ma chère Blanche... Mon Dieu ! Et ces tableaux ! Quelles merveilles ! Des choses très bien signées, sans aucun doute ! Il faut les faire

expertiser ! Et ces livres ! Et ces estampes ! Quel trésor vous avez là !

—Je vous aide à tout emporter chez vous, pressons-nous ! Vous aurez tout le temps d'inventorier tranquillement ces choses qui vous plaisent !

—Ce n'est pas une 4L qu'il faudra, mais un camion ! Riait Gigi, toute rose de plaisir, car elle adorait les objets anciens, et respirer le doux parfum des siècles passés.

Comme les deux voisines transportaient chez Gigi la malle recouverte de galuchat, elles trouvèrent sur le palier Medhi, un autre garçon et une élégante jeune femme à la tête et aux épaules recouvertes d'une belle étole mordorée. Tous étaient chargés de casseroles, de paquets et d'appétissantes assiettes de pâtisserie.

—Mon fils Medhi m'a appris que vous vous apprêtiez à déménager. J'ai pensé que vous n'auriez guère la tête à préparer le déjeuner. Je m'appelle Fati !

—Oh ! Soyez la bienvenue Fati ! Je suis contente de vous connaître ! Depuis que Louba et Carina me parlent de la maman de

Medhi! Et voici Blanche Dumain, ma voisine !

—Que de merveilles ! Mais il ne fallait pas vous déranger ! Protestait Mme Dumain.

—Ce n'est rien du tout, allez ! Cela me fait plaisir ! Medhi ! Aide ces dames qui sont bien encombrées !

—Venez Fati... je vais vous montrer où déposer ces magnifiques plats ! Proposa Blanche. Mais je crois qu'à l'heure du déjeuner, nous n'aurons plus de tables pour les déguster...

—Eh bien, je déposerai une nappe et des coussins, et vous pourrez manger assis sur des chaises ou sur le sol, si cela ne vous dérange pas... Il n'y aura qu'à réchauffer si vous avez encore une plaque électrique !

—Vous déjeunerez avec nous, n'est-ce pas ?

—Je regrette mais je donne des cours de français à des femmes de même origine que moi. Mais une autre fois, ce sera avec grand plaisir. Vous savez, Medhi vous aime beaucoup... Et pour lui, Carinou est comme une petite sœur ! Quelle enfant adorable ! Quant à Louba, c'est une véritable princesse... Sachez que vous êtes toutes bienvenues chez

nous ! Si vos propriétaires vous faisaient du souci, vous n'aurez qu'à venir à la maison ! On se serrera !
Gigi sourit, très émue :
—Merci Fati... J'apprécie beaucoup votre geste ! Votre Medhi est un garçon charmant... Si mûr, si serviable ! Et notre Louba est... sous le charme...
Les trois femmes s'embrassèrent.
—Je sais que vous passez des moments difficiles, Gigi. Vous aussi Blanche. Je peux vous appeler Gigi ? Et Blanche ? N'oubliez pas, nous sommes là !
Gigi eut un vif regard vers Mme Dumain :
—Mais vous savez, Fati, je crois que grâce à ma voisine, la situation pourrait bien s'arranger.
—Nous allons prier pour qu'il en soit ainsi. Il y a toujours du ciel bleu après la pluie !

—M'man, tu crois que Madjou l'épicier nous prêterait son camion à emporter les cagettes, pour déménager les dames?
Louba et Medhi vidaient peu à peu le cagibi aux merveilles de Mme Dumain pour les apporter chez Gigi, pendant que Fati et Blanche déroulaient un immense tapis, où les

convives pourraient s'installer commodément.
—Tu n'as qu'à le lui demander, mon fils.
Madjou l'épicier du quartier de Fati, débouchait justement sur le palier, portant à bras le corps un énorme couscoussier.
Quand la requête fut exposée, Madjou n'y trouva pas d'inconvénient.
—Surtout si c'est le week-end, tu peux même le garder, le camion, et la semaine d'après si ça te convient aussi, Medhi. Pour emporter les cageots et les livraisons, nous en avons d' autres. Je te le laisse garé en-bas, je rentrerai en bus. Au fait, il y a un brocanteur qui vous cherche, mesdames...

Denis l'Ardéchois et ses deux ouvriers s'attaquèrent sans plus attendre au démontage de tout ce qui s'y prêtait. Mme Dumain et Gigi décidèrent de n'emporter que quelques matelas et d'abandonner sommiers et bois de lits. On s'arrangerait sur place dans la vieille maison, on empilerait des couettes. Les enfants adoreraient le camping !
Même chose pour les tables et buffets de cuisine et de salles à manger des deux appartements, les chaises en surnombre, les meubles de salles de bains, les tables de

toilette couvertes de marbre, les bibliothèques et leurs livres, hormis quelques ouvrages aimés. Même les beaux bahuts de merisier rouge ou blond iraient meubler d'autres maisons.

Gigi garderait un joli petit canapé hérité de ses parents, tout ce que venait de lui offrir Blanche Dumain, une valise de vêtements, son ours et un petit singe ayant appartenu à sa mère et sa poupée d'enfance, trois êtres de peluche et de celluloïd que Carinou adorait.
Mme Dumain emportait son carreau de dentellière du Queyras, joliment sculpté sur sa table juponnée sous laquelle la pauvre Pitou toute déboussolée par le remue-ménage, observait ce chambardement à l'abri des pieds et du bruit.

Blanche ne se séparerait pas non plus de sa fidèle lampe d'opaline, sa pendule de porcelaine, quelques bibelots et documents, un gros carton de dentelles et sa modeste garde-robe.
Le camion de Madjou contiendrait aisément meubles et objets, couettes et matelas.
Et déjà, Denis le brocanteur et les jeunes gens

répartissaient dans chaque camion, ce qu'ils devaient emporter.

—Regardez, Gigi, en quoi tient une vie... soupira Mme Dumain, après que la salle à manger Henri II eut disparu laissant un vide impressionnant.
Les lourds rideaux avaient été dépendus et les vieux murs renvoyaient l'écho inquiétant des maisons abandonnées.
Gigi prit le bras de sa voisine :
—Venez Blanche... J'ai fait du café sur la petite gazinière... Elle est bien pratique, on l'emportera si vous le voulez.

Elles rejoignirent l'appartement de Gigi qui lui aussi, s'était déparé de meubles qui auparavant semblaient aussi immuables que les murs.
—Je ne sais pas comment vous ressentez les choses, Blanche, mais...
Gigi servait le café et Mme Dumain, le regard un peu perdu, réchauffait ses mains au bol fumant.
—Je me souviens... reprit Gigi. Lorsque j'ai dû quitter il y a longtemps la maison de mes parents, qui allait être vendue... J'ai beaucoup

pleuré parce que je croyais que tout l'amour que l'on m'avait donné, tous les bons souvenirs, allaient demeurer derrière le portail de cette maison lorsque je le fermerais pour la dernière fois...

Mme Dumain releva des yeux humides et sourit à sa voisine.

—Et puis une nuit, poursuivit Gigi, j'ai eu la vision de ma mère qui nous avait quittés quelques années auparavant. Elle me disait : *« Mais qui te dit qu'on va rester là derrière ce portail ! On part avec toi ma fille ! »*

Je me suis éveillée au matin avec cette certitude en moi et depuis, je n'ai jamais douté de l'aide de ceux qui nous ont quittés mais qui sont toujours là pour nous... »

Les deux voisines se prirent la main et se regardèrent à travers leurs larmes.

—Isidore, son parrain, ce M. Verrier qui a pensé à votre bonheur, et cette jeune femme 1900 dont vous m'avez parlé... Et le Facteur Cheval lui aussi va nous aider... Vous verrez... Blanche, je voulais vous dire un énorme Merci pour ce renouveau que vous apportez dans ma vie...

—C'est moi qui vous dit merci, Gigi ! Sans vous, je crois que je n'aurais pas le courage de recommencer ailleurs... Mais je ne veux surtout pas m'immiscer dans votre vie... Je veux bien que vous m'aidiez, mais si vous ne vous plaisiez pas à Hauterives ou si votre vie vous appelait ailleurs, il ne faudrait pas culpabiliser en pensant m'abandonner. Je souhaite que cela soit très clair entre nous ! Vous êtes comme la fille que je n'ai pas eue, ma chère Gigi. Je ne veux que votre bonheur.

Carinou poussa la porte de la cuisine :
—Mamie ! Il y a une dame dans l'appartement de Mme Deux-mains ! Elle regarde partout et elle tape contre les murs ! Elle fait peur à Pitou et elle me fait peur à moi aussi!
Les deux femmes échangèrent un regard de surprise :
—Allons voir ce phénomène... Reste ici Carinou ! N'ouvre à personne, sauf Louba et Medhi. Nous revenons tout de suite !

Sur la pointe des pieds, les deux amies traversèrent le palier et repoussèrent sans bruit la porte entrebâillée de l'appartement de Blanche Dumain. Allant et venant à l'intérieur, une jeune femme juchée sur de hauts talons, un sac de grande marque à la main, donnait dans les murs de petits coups de poings comme si elle voulait sonder la pierre. Puis elle poussait des portes, se baissait pour examiner les plinthes et reprenait son étrange manège.

Blanche et Gigi demeurèrent immobiles à la regarder se démener ainsi, puis Mme Dumain l'apostropha :
—Vous cherchez quelque chose, madame ?
Cette dernière pivota sur ses talons et darda sur les arrivantes un regard perçant qu'elle radoucit aussitôt :
—Oh ! Mme Demain, sans doute ! Et Mme Ganiveau, je présume ! Ravie de vous rencontrer enfin ! Vous déménagez ? Je vois avec plaisir que vous vous êtes enfin rendues à nos excellentes raisons ! Mais où ai-je la tête ? Aline Ponterfresch, de l'agence *New Elegance* !
Elle tendit une main gantée que personne ne prit.

Blanche et Gigi se concertèrent du regard et dans un soupir, Mme Dumain dit que oui, il fallait bien en passer par là et dans cette optique, se débarrasser au plus vite de toutes ces choses encombrantes qui finalement vous empêchent d'avancer.

Mutique, Mme Ponterfresch les observait de ses yeux sombres et fixes, se demandant sans doute ce qui avait motivé ce changement de ton et d'avis.

—Vous m'en voyez ravie... Et... Quand seriez-vous prêtes à entrer dans nos murs ? Un mot de vous... Une signature, bien sûr... Et dans... moins de trois semaines, vous êtes à « *Nouvelle vie* ». Qu'en dites-vous ?

—C'est que... Il faut que nous en parlions à nos enfants ... respectifs... avança Gigi.

Mme Ponterfresch se tourna vivement vers Blanche :

—Vous avez des enfants Mme Demain ? Vous nous aviez caché cela !

Blanche marqua un temps, se tourna vers Gigi qui lui décocha un discret coup d'œil.

—C'est-à-dire que je n'ai pas d'héritiers directs, mais j'ai pris quelques dispositions et...

—Pourrions-nous les connaître ?

Gigi pensa que Mme Ponterfresch ne manquait pas de culot et en prenait un peu à son aise. Mais Mme Dumain ne se démonta pas, croisa les bras sur sa poitrine :

—Non, madame. Vous serez avertie en temps utile de tout ce qui peut intéresser mon changement de résidence. Maintenant, comme vous le voyez, les personnes qui sont venues prendre possession du mobilier disposent d'un temps compté, comme vous, j'en suis sûre. Au revoir madame.
Mme Ponterfresch pinça les narines et sortit sans un mot.

—Quelle horrible bonne femme ! Lança Blanche, assez contente de sa prestation. Si elle croit nous intimider, elle en sera pour ses frais !
—Vous l'avez bien mouchée ! Bravo ! Mais... Que cherchait-elle, à se promener ainsi dans tout l'appartement en frappant les murs ? Elle n'est pas architecte que je sache...
—J'avoue que cela pose questions...

Mais Carina appelait depuis la porte de Gigi et cette dernière la rejoignit pendant que Blanche poursuivait la mise en cartons d'effets destinés au dispensaire.
—Mamie, c'est maman... Je peux lui dire qu'on déménage ?
—Ecoute, mon trésor, nous le lui dirons au

dernier moment... parce qu'elle se ferait du souci, et son stage est très important pour son travail et votre avenir, tu comprends, ma chérie ? Montre-lui que tu es une grande fille !
Carinou considéra sa grand-mère d'un air si grave, si peu de son âge, que Gigi en fut toute remuée.
—Je comprends... souffla la petite. Je dis rien ! Chuuut !

Autour du grand tapis, sur des chaises ou des coussins, tous avaient pris place en se reposant de ce grand chambardement. Denis le brocanteur s'affairait d'autorité à la gazinière, fredonnant d'une belle voix de baryton.
—Je ne sais pas qui a préparé ce couscous ! Mais je vais me reconvertir, m'associer à cette personne, et nous allons ouvrir un restaurant ! Quel talent ! J'en ai l'eau à la bouche de sentir ces bonnes odeurs !
—C'est ma mère ! Expliqua Medhi.
Et comme Denis cherchait des yeux cette perle parmi les personnes présentes :
—Elle donne des cours, expliqua Medhi. Elle n'est pas là.

—Eh bien tu transmettras toutes mes félicitations à cette fée ! On va se régaler !
—Quelle généreuse idée, n'est-ce pas, d'avoir pensé à nous !
Blanche Dumain rapportait du fin fond de l'appartement un panier à bouteilles plein d'un beau Côtes-du-Rhône rubis.
—Pour l'occasion, nous allons faire honneur à ces flacons qu'avait achetés mon défunt mari Isidore, il y a six ans déjà...
—Nous porterons un toast à sa mémoire ! Dit Denis.
—Medhi, s'il te plaît, peux-tu regarder si la porte est bien fermée ? Je ne voudrais pas que cette demoiselle *Ponterfrêche* nous surprenne encore une fois...

—Quel nom avez-vous dit ? Fit Denis le brocanteur tout en débouchant le Côtes-du-Rhône.
—*Ponterfrêche*. Je ne sais comment on l'écrit, exactement...   De l'agence *New Elegance*. Cela vous dit-il quelque chose ?
—Un peu mon neveu ! Répondit à sa place un des deux ouvriers qui accompagnait Denis le brocanteur, une sorte de géant qu'on eût volontiers imaginé en bûcheron. Tu te

souviens Denis, l'immeuble de la rue Stalingrad, et les deux petits papy et mamie qui nous avait appelés pour débarrasser ?
—Oui, tu as raison, Greg ! Ils nous avaient parlé de cette femme qui les aiguillonnaient pour qu'ils quittent leur appartement au plus vite ... Je ne sais pas ce qu'ils sont devenus... Des gens bien gentils... rêva Denis. Et d'ailleurs, cette personne, Ponterfrêche, je la vois souvent en salle des ventes... Depuis que j'ai un stand aux Puces du Canal, je vais de temps à autre dans les ventes aux enchères. J'ai vu cette femme acquérir plusieurs fois des objets de prix ! Seriez-vous en butte à ses indélicatesses, Mme Dumain ?
—En fait, je ne voulais pas en parler... Cela m'a échappé...
—N'ayez aucune crainte... Nous ne frayons pas avec ce genre de personnes. Mais si je peux me permettre, ne la laissez pas entrer chez vous...
—C'est déjà fait... Nous l'avons trouvée ce matin, Gigi et moi, visitant l'appartement comme chez elle, sondant les murs...
—Sondant les murs ? Disait Denis interloqué. Que cherche-t-elle donc ?
—Peut-être pense-t-elle que je dissimule mes

économies dans un trou de la muraille...
—Cela s'est vu... convint Denis. Il n'y a pas si longtemps, les gens n'avaient pas de comptes bancaires... Ils cachaient leur avoir où ils pouvaient ! Chez moi, en Ardèche, il court de nombreuses histoires de trésors enfouis en des cachettes improbables, pour échapper à la convoitise des envahisseurs et voleurs de grands chemins à travers le temps...
—Vous êtes ardéchois mais souvent à Lyon... avança Gigi.
—Oui, ainsi, j'ai deux points de vente. Et ainsi, j'obtiens des *adresses* pour trouver de la marchandise. Je dépose mes cartes dans les boîtes aux lettres. C'est comme ça que j'ai fait la connaissance de Mme Dumain.

Denis emplit les verres et on porta un toast à la mémoire d'Isidore.
—Et à son parrain ! S'exclama Gigi. Et à Albérique ! Et au Facteur Cheval !... Mon Dieu que je suis sotte ! Ajouta-t-elle en rougissant. La première gorgée de vin avalée, et je dis déjà des sottises...
Denis sourit :
—Vous connaissez Hauterives ? Je n'habite pas loin, à Arras, dans l'Ardèche !

Cependant, Louba et Medhi surveillaient la cuisson du couscous et des tajines, emplissaient les assiettes et servaient les convives.
—Après l'effort, le réconfort... soupira le second ouvrier de Denis, une sorte de grand échalas coiffé de dreadlocks, et qui se prénommait Ben. Vous déménagez toutes les deux en même temps, mesdames ?

Blanche, Gigi et les jeunes gens échangèrent un regard. Il y eut un silence.
—Je ne voudrais pas être indiscret... se reprit le garçon, un peu gêné.
—Non, non... Ce n'est pas ça... C'est à cause de cette femme... Je ne voudrais pas qu'elle soit au courant de nos projets...
—Eh bien... Faisons honneur à ces merveilles tant que c'est chaud... s'exclama Denis pour passer à autre chose.

La conversation roula sur le métier de brocanteur qui comportait des moments très intéressants, souvent émouvants car les personnes qui faisaient appel aux antiquaires se séparaient d'objets du passé et ce n'est jamais très confortable. Denis conta quelques anecdotes attendrissantes, drôles ou cocasses.

—Je ne veux pas paraître intéressé, dit-il, mais si dans vos nouveaux lieux de vie, vous connaissez des personnes qui veulent se défaire de certains de leurs meubles, objets ou tableaux... J'adore les tableaux. Souvent, je les garde pour moi... Et votre carreau de dentellière, si un jour vous souhaitez vous en séparer...

—Pour mon carreau de dentellière, il est mon fidèle compagnon, après ma Pitou, bien sûr ! Il ne me quittera pas.

—Ces tambourins du Queyras ont souvent une jolie histoire. Ils étaient souvent sculptés par les amoureux de jolies filles, et le garçon ménageait dans le tambourin une petite cache pour y déposer des messages d'amour...

—Oh ! Mme Deux-mains, tu as des lettres d'amour d'Isidore dans ton tambourin ? Demandait Carinou qui ne perdait pas un mot de la conversation, tout en subtilisant subrepticement quelques délicieuses pâtisseries confectionnées par Mme Ben Careh.

—Non... riait Blanche. D'ailleurs, ce n'est pas mon amoureux qui m'a donné ce carreau. Il vient du parrain d'Isidore. C'est un colporteur italien qui l'avait vendu à ses propres tantes, deux sœurs jumelles qui vivaient au château de Saint-Siméon-de-Bressieux en Isère. Mais s'il se trouvait que finalement, nous avons des choses en trop dans notre nouvelle maison... Denis, nous ferons appel à vous et vos amis !

Denis se pencha ostensiblement :
—Une nouvelle maison...
Blanche et Gigi se concertèrent, puis :
—Oui, enfin... Elle n'est pas toute neuve... M. Denis, je pense que vous êtes un honnête homme... Et vos deux amis également... Vous savez garder un secret...
—On essaie, madame... grogna le bûcheron. Tandis que le grand Ben acquiesçait modestement en vidant son fond de verre.

—Dans cette activité, madame Dumain, si vous êtes un escroc, les nouvelles vont vite, ça se dit, et « *les adresses* », on appelle cela ainsi, c'est-à-dire, les personnes qui veulent bien vous vendre leurs objets, vous finissez par ne plus en avoir. Les brocanteurs sont aussi tenus au secret professionnel sous peine de ne pas durer très longtemps dans le métier...

—Eh bien voilà... J'ai hérité une maison à Hauterives... Nous partons nous y installer après-demain. Mais seules les personnes ici présentes, et un monsieur qui va nous y conduire avec Medhi, sont au courant.
—Hauterives... C'est génial ! S'exclamait Denis. Une maison ancienne ?
—Oui... Comme je vous l'ai dit, il y aura certainement des choses pour vous, M. Denis...
—Peut-on vous aider à emporter vos affaires ? Ou vous assister de quelque façon que ce soit ?
—C'est très gentil à vous ! Mais comme je vous l'ai dit, Medhi conduira le fourgon que vous l'avez aidé à remplir, et un ami de mon amie Gigi, nous emmènera en voiture.
—Nous serons presque voisins. Si vous besoin de quoi que ce soit, je serai là... Et comment vous est advenue cette bonne fortune ? Il me semble que lorsque vous m'avez contacté, vous hésitiez sur la décision à prendre pour choisir votre nouveau lieu de vie.
—Un miracle, M. Denis. Un miracle ! Mais resservez-nous de ce Côtes-du-Rhône ! Si vous avez un peu de temps, je vous raconte...

—A part le tapis et trois ou quatre choses à emballer, nous avons fini, pas vrai les gars ? Personnellement, je ne résiste pas au plaisir d'écouter une histoire passionnante ! Allez, Mme Dumain, Mme Gigi, une goutte de vin pour vous donner des couleurs !

—D'être un peu pompette, ça ne peut pas faire de mal ! Épilogua Blanche Dumain. Le parrain de mon pauvre Isidore le disait toujours !

7

—Mais dites-moi, Gigi, ce jeune homme semble tout à fait charmant !
Miguel les attendait aux abords du bouchon de *Mimile-les-Belles-Pognes* au bout de la rue Garet, et sa haute taille, sa mise élégante et simple, le distinguait de la foule des passants se pressant pour échapper aux sautes d'humeur de la bise.
—Il l'est... murmura Gigi.
—Mon Dieu... soupira Blanche en serrant le bras de sa voisine. Lorsque j'ai vu nos appartements tout vides ou presque, hier soir, je ne savais si je devais m'en réjouir ou en pleurer... Mais à présent, je sais bien qu'il ne faut pas résister à l'inéluctable...
—Avez-vous pu vous reposer tout de même... sans sommier...
—Eh bien je vais vous surprendre, mais je suis tombée comme une masse dans un sommeil sans rêves, et jusqu'au matin... C'est l'odeur du petit-déjeuner préparé par cet amour de Medhi qui m'a réveillée... Etrangement, depuis cette lettre, c'est comme

si... la vie devenait plus légère... Même ce voyage jusqu'aux Terreaux en bus, quelle équipée ! Moi qui ne sortait plus du quartier ! A croire que je rajeunis ! Et grâce à vous, ma chère...
—Que devrais-je dire, Blanche... Vous redonnez un sens à ma vie !
Elles échangèrent un affectueux sourire.
—Vous avez fort bien fait de confier les appartements à la garde des bonnes sœurs, Blanche !
—Oh ! Je n'aurais jamais laissé ma Pitou seule à la maison, avec cette odieuse Ponterfrêche dans les parages. Et cette manie de déformer nos noms ! Si ma grand-mère vivait encore, elle dirait que c'est une mal-élevée ! Et comme ça, avec les appartements vides de notre présence, les sœurs seront bien tranquilles pour aller et venir, emporter tout ce qui leur convient au dispensaire.

Carinou tapotait la main de Gigi. Elle montrait la silhouette en faction au bord du trottoir.
—C'est avec ce grand monsieur qu'on va manger ? Mais je ne le connais pas... Est-ce qu'il a des enfants ?

—Oui, un grand garçon qui vit en Suisse.
—En Suisse, là où maman est partie travailler ? Mais alors, ils vont se rencontrer ?
—Tu sais, ma chérie, il y a beaucoup de monde en Suisse...
—Ah ! Bon ... soupira la fillette, désappointée.

Gigi enregistra avec un secret plaisir, que Miguel n'avait d'yeux que pour elle, et il arborait ce même sourire qu'elle aimait tant.
« *Peut-être que cette moins-value irréversible ne joue pas pour les personnes qui se sont connues dans leur jeunesse. Peut-être que l'on se voit comme si on avait encore vingt ans...* »

—Mme Dumain, je vous présente Miguel Berliner, un... ami de ... jeunesse...
—Comme tu y vas, ma chère Gigi... Ai-je donc l'air d'un diplodocus ?
Miguel se pencha galamment sur la main gantée de Blanche qui parut apprécier infiniment cette marque de courtoisie.
« *Il est vrai qu'aucune femme ne résiste à Miguel...* pensait Gigi. *Il vieillit bien.* »

On prit place autour de la table réservée par *Mimile-les-Belles-Pognes* non loin de la cheminée en pierre dorée. On faisait les présentations, on évoquait les rencontres passées et Carinou s'arrangea pour se glisser auprès du grand monsieur afin de pouvoir l'observer à son aise.

—Un bon vin chaud pour tout le monde ? Demanda Miguel. Le vent est vraiment glacial.
Louba et Medhi optèrent pour un soda et Carinou demanda de la grenadine avec une paille en carton, parce qu'il ne faut plus utiliser de plastique pour ne pas salir la planète.
Miguel souriait à ce bout de femme dont les bois de rennes ornant sa chevelure, oscillaient gentiment à chacune de ses paroles.
—Alors, tu t'appelles Carina, ma belle ?
—Oui... Mais tout le monde m'appelle Caribou !
—Oui... oui... oui... Je comprends mieux... dit-il en admirant la coiffure pailletée de la fillette. La dernière fois que je t'ai vue, tu étais grande comme ça...
Et Miguel écartait les mains de quelques

dizaines de centimètres.

—Oh ! Alors, ce n'était pas moi !

—Mais si... D'ailleurs, tu portais un joli manteau rose... Comme à présent...

Carinou se tourna vers Louba et lui souffla à l'oreille :

—Je crois qu'il me prend pour un bébé...

Cette petite conversation permettait à Miguel de reprendre ses esprits car malgré son air impassible, son cœur avait battu plus fort lorsqu'il serra Gigi dans ses bras, reconnaissant son parfum légèrement ambré, toujours le même...

Gigi se fit une remarque analogue : « *Il utilise toujours Midship... J'aime cette coquetterie d'homme soigné...*»

Blanche Dumain, à qui n'avait pas échappé le trouble des deux anciens amis, tenait parfaitement et naturellement, son rôle courtois et souriant d'invitée charmée. Décidément, Miguel était un homme très agréable ! Mais pourquoi donc Gigi n'avait-elle pas fait sa vie avec lui ?

Le vin chaud seul ne colorait pas les joues de Gigi et de son vis-à-vis dont le regard glissait sur elle avec tendresse, s'en détournait furtivement, pour y revenir aussitôt comme aimanté.

« *Finalement*, pensa Blanche, *le Hasard fait souvent bien les choses...* »

Miguel s'intéressait à tous, évoquait avec Blanche le quartier de la Croix-Rousse qu'elle allait quitter, échangeait avec Louba et Medhi sur le parcours professionnel qu'ils souhaitaient emprunter.

Enhardie, Carinou qui, la tête sur un bras repliée, observait « *le grand monsieur* » avec beaucoup d'intérêt, parvint à attirer discrètement l'attention de Miguel :
—Est-ce que tu viens avec nous chez le Facteur Cheval ?
—Oui, je vous accompagne !
—Mais... Tu vas rester avec nous pour Noël ?
—Eh bien, je ne pense pas mais...
—Mais si tu dors à la maison, tu vas dormir sur le matelas de ma mamie, alors ?
Miguel éclata de rire et Louba qui avait surpris la remarque, serra la main de sa petite sœur en lui faisant les gros yeux :
—Caribou, on ne dit pas des choses comme ça, voyons ! Qu'est-ce qui te prend ? Si mamie t'entendait !

Gigi qui bavardait avec Blanche et Medhi, les considéra avec étonnement mais Mimile apportait des assiettes odorantes et l'on s'absorba dans la dégustation, en échangeant quelques considérations sur le temps et les quartiers de Lyon qui prenaient peut à peu de nouvelles physionomies.

On aborda l'organisation du départ. Medhi se proposa pour conduire le camion de Madjou l'épicier, expliquant que le véhicule était plein à ras-bord avec les matelas et les meubles emportés par les dames.
—Vous avez bien travaillé ! Je comptais trouver un fourgon, mais vous avez réglé le problème ! Ce qui m'inquiète, dit Miguel, c'est qu'ils annoncent un revirement de temps pour vendredi. Ça va tourner au sud dans l'après-midi avec de la neige attendue à basse altitude. Seras-tu conduire cet engin sur la neige? Ou peut-être faudra-t-il reporter le voyage...

— Si on part en fin de matinée, on passera peut-être à travers les flocons. J'ai l'habitude de conduire ce type de camion ! J'ai beaucoup fait les Puces du Canal et quelquefois, la braderie de Lille avec des amis. On ira doucement, c'est tout. Par contre, il faudra peut-être sortir de l'autoroute à Chasse, prendre la 86 et sortir à Sarras pour revenir vers Hauterives par Saint-Vallier et Saint-Uze.

—Tu as raison, Medhi, c'est plus sage. Il ne faudrait pas rester coincés sur l'autoroute.

—Et vous avec la 4L, pensez-vous que ça ira ?

—On en a vu d'autres, pas vrai Gigi, à une époque où les routes de campagne n'étaient pas ou mal balisées, en patinant sur le verglas...

—Tu te souviens, Miguel, une certaine route qui allait à Vienne. Quand la voiture dérapait dans un virage, tu ouvrais la portière et sortait un pied pour la remettre d'aplomb !

—On était jeunes, on ne doutait de rien... dit Miguel, mêlant son rire à ceux des autres. Il faut dire que la circulation n'était pas la même... Avez-vous beaucoup à charger dans la voiture ?

—Non, répondit Gigi. A part nous-mêmes, quelques sacs et cartons dont la nourriture, pour le cas où nous arriverions après la fermeture des commerces.

—Je prendrai Mme Dumain, Carina et Gigi

dans la 4L, si elles sont d'accord.
—Et Pitou ! S'exclama Carinou. Pitou vient avec nous !
—C'est mon chat... expliqua Blanche Dumain.
—Bien sûr ! Rit Miguel. Medhi, tu conduiras donc le fourgon en emmenant Louba. Penses-tu que ça ira ?
—Je crois que oui... S'il y avait un souci, je vous préviendrais par le téléphone.
—Parfait. Nous ferons des arrêts... Le premier, sur l'aire d'autoroute de Solaize, après la Mulatière, pour voir si tout va bien !
—D'accord. On partirait à quelle heure ?
—Vers onze heures, qu'en pensez-vous ? Avec de la chance, on arrivera avant la neige...
—M. Journet, l'envoyé du notaire, nous attendra dans la Grande rue de Hauterives pour nous remettre les clés en début d'après-midi! Mon Dieu, quelle aventure ! Soupirait Mme Dumain en hochant la tête. Maintenant, je vais vous montrer ma future maison, Miguel ! Ah ! De vous avoir avec nous, Medhi et vous, avec deux hommes, rien de mal ne peut nous arriver !
Blanche Dumain tira de son sac la lettre et la photographie montrant la maison à quelques mètres de la rue principale, au fond

d'un jardin bien arboré. Miguel trouva la bâtisse très jolie et typée, assez méridionale finalement avec sa génoise qui faisait comme une dentelle gracieuse et solide sous le toit.

—La maison sera peut-être meublée, supputait Gigi. Nous n'emportons que des matelas et des couettes. Il y aura bien quelques sommiers pour les poser. Sinon, nous dormirons par terre sur nos matelas, à la guerre comme à la guerre !
Louba et Carinou éclatèrent de rire et Miguel se joignit à elles.
—Eh bien, je suis ravie que vous preniez les choses avec bonne humeur! Dit Gigi riant à son tour.
—Tout se passera bien, vous verrez !
—J'espère que cette... Mme *Ponterfrêche* nous laissera en paix... s'inquiétait Blanche.
—Elle n'a rien à dire et lorsqu'elle remettra les pieds à l'appartement, nous serons loin !
—Je sais Gigi, mais elle m'inquiète... Avec toujours son air de fouiner partout...
—J'ai rencontré cette personne à la mairie de Vaulx-en-Velin, exposa Miguel. De fait, je trouve qu'elle en fait beaucoup. A écumer les bureaux des services sociaux, l'état-civil, le

cadastre... Je la crois très capable d'abuser de la faiblesse des futurs locataires de leurs résidences.

—Mais nous n'avons rien signé ! Et je ne comprends pas qu'elle se permettre ces intrusions comme si elle était chez elle.

—Auriez-vous signé quoi que ce soit, vous bénéficiez d'un délai de rétractation, Blanche. De toute façon, ces personnes y vont à l'intimidation. Mais je pense qu'elles doivent veiller à rester dans une pseudo-légalité, en se permettant de harceler verbalement mais sans laisser de traces...

—Justement, Blanche, peut-être faudrait-il parler de cette impression que vous avez...

—Sans doute, Gigi... Je ne sais pas si c'est en rapport, mais il me semble bien que... l'on me suit...

—Blanche connaît bien les traboules de Lyon, et pendant la guerre, elle portait des messages en se servant de ces passages couverts, exposa Gigi. Blanche sait bien reconnaître quand il se passe quelque chose de bizarre...

—C'est très intéressant, Blanche ! S'exclamait Miguel. Il faudra nous raconter votre passé de résistante !

—Oh, vous savez... Je n'étais pas une exception... C'était l'époque qui voulait ça... répondit modestement Mme Dumain. Mais il me semble bien qu'on s'intéresse d'un peu près à notre quotidien. Serait-ce en rapport avec les *New Elegance* ? Je n'en sais rien...

—Mais qui vous suit ? Cette personne, *Ponterfrêche* ?...
—Je dirais que ce sont plutôt des hommes... dit Blanche après réflexion.
—Il arrive que pour décider des locataires récalcitrants, ces sociétés fassent appel à des gros bras... avança Miguel. Quoi qu'il en soit, je serai plus heureux et rassuré de vous voir habiter dans la commune du Facteur Cheval, plutôt qu'au 5e étage d'une cité de la grande ville, aussi standing soit-elle ... Peut-être regretterez-vous vos amis et connaissances...
—Oh ! Mes amis et connaissances, tout ceux que j'aime, par la Grâce du Ciel, je les emmène avec moi, fit Blanche avec un chaleureux regard circulaire et serrant la main de Gigi. Quand à ceux qui reviendront à Lyon, qu'ils sachent bien qu'ils seront toujours les bienvenus à la maison !

Miguel raccompagna la petite troupe à l'arrêt du bus, tout en mettant au point les derniers détails pour le départ du surlendemain. Il prit la main de Gigi.
—C'est un bonheur de t'avoir revue, ma Giroflée... Je dois remercier cette horrible *Ponterfrêche* de vous jeter dehors, car nous ne nous serions jamais retrouvés...
« *Il a dit : retrouvés...* »
—J'étais si démunie... Ç'a été comme une intuition de faire appel à toi... Tu as dû penser … je ne sais trop quoi... Et peut-être avais-tu quelque chose de prévu ce week-end...
—Aurais-je prévu quoi que ce soit, que j'aurais décommandé. Tu es mon urgence.
—Mais ta famille... Ta femme...
—Ma femme ne l'est plus. Nous avons divorcé il y a six ans. Elle est retournée en Espagne et Julio mon fils vit sa vie de technicien de cinéma autour de la terre. Je suis libre Gigi... Et toi ?

Gigi leva ses yeux vers le beau regard ambré de Miguel :
—Moi aussi, Miguel...
Sa gorge se serra.

—Mais... Je suis si perdue... Tout me file entre les doigts... Et Jasmine... Et les petites...
Ses pupilles scintillèrent de larmes.
—Oh ! Ce froid... murmura-t-elle en essuyant ses paupières.
—Tu verras... Tout va s'arranger... souffla Miguel.
Quand le groupe monta dans le bus, vivement, Miguel attira Gigi dans ses bras et posa un baiser appuyé sur ses cheveux.
—A vendredi, ma Gigi. Oui, tout va s'arranger !
Elle lui sourit à travers ses larmes et le regarda tant qu'il fut dans son champ de vision, debout au bord du trottoir.
Carinou, blottie contre son flanc, levait un visage ébloui vers sa grand-mère.
«Mamie Gigi pleure... Mais je pense qu'elle est quand même un peu contente... Les grandes personnes pleurent quand elles sont contentes... C'est bien que le grand monsieur s'occupe de nous... Comme ça, mamie Gigi sera plus heureuse. »
Puis avec un grand soupir :
« J'espère que maman va ramener avec elle mon cadeau de Noël... Pour que nous soyons nous aussi heureuses comme mamie Gigi...»

8

—Je vous laisse dire au revoir à votre appartement, Blanche. Je ferme ma porte, et nous vous attendons sur le palier.

Dans son panier, Pitou désorientée fit entendre un « *miaou* » inquiet et Blanche se précipita :
—Ma pauvre Pitou ne sait plus ce qui lui arrive... et moi non plus... dit Blanche la voix un peu tremblante.

Debout à l'entrée de ce qui avait été la salle à manger-salon, elle contemplait les murs dont on avait décroché les tableaux, les cadres, les souvenirs. Les grandes fenêtres nues découpaient un ciel gris, hermétique comme l'atmosphère de l'appartement. L'enduit bis des murs semblait perdre encore de sa couleur.

La veille, les sœurs et les habitués du dispensaire sous la houlette bienveillante de Sœur Céline avaient complètement débarrassé tout ce qui leur était destiné et fait le ménage de surcroît.

Sœur Céline n'avait pas manqué, tout en œuvrant, d'exercer son coup d'œil sagace de détective et c'est ainsi que ces dames apprirent à leur retour de leur équipée en bus, que deux hommes des plus suspects étaient entrés dans l'appartement de Mme Dumain pour sonder les murs, avaient-ils dit.

—Ils avaient une sorte d'instrument avec un laser, sans doute pour prendre des mesures, et ont commencé à donner des coups un peu partout dans les murs, les plinthes, partout ! Nos sœurs et moi ne les avons pas perdus de vue. Cela semblait les agacer, d'ailleurs. Ils ont expliqué que c'était pour déposer les charges d'explosifs qui allaient démolir l'immeuble. Mais je ne pense pas que cette délicate opération soit du ressort de ces deux-là. Je crois que vous avez raison, Blanche, il se passe des choses très curieuses.
—Peut-être sont-ce les mêmes qui me suivent... Ont-ils visité l'appartement de Gigi ?
—Non... Pourtant la porte était ouverte, car

Sœur Caroline, Sœur Gabrielle et moi-même allions et venions...

—Ils cherchent quelque chose, mais quoi... supputait Blanche.

—Ensuite, ils sont montés dans une camionnette sombre anonyme... d'un marron passé, dont j'ai noté le numéro. Ils sont restés garés un bon moment. Quant à nous, nous avons poursuivi notre déménagement et le remplissage du camion du dispensaire comme si de rien n'était, mais sans les perdre de vue. D'aucuns prennent les vieux et les femmes de notre sorte pour des *bisounours* incapables d'aligner deux idées. Mais dans le fond, c'est bien pratique, finalement, quand on nous prend pour plus naïf que l'on est …

Sœur Céline réfléchit un moment, puis :

—Si j'osais, Blanche... Verriez-vous un inconvénient à ce que je vous accompagne à Hauterives ? Je remonterais le lendemain avec le diacre qui a de la famille à Lyon ou alors, je m'arrangerai... Je suis seule avec nos sœurs à avoir vu les deux loustics. Je serais plus tranquille, si je pouvais surveiller leurs manœuvres pour le cas où ils auraient décidé de vous suivre. Et je pourrai peut-être vous

être utile pour votre emménagement !
—Oh ! Mais avec grande joie, ma sœur ! Et si vous pouviez demeurer avec nous pour Noël ! Je rêve d'aller à la messe de minuit dans un si joli village !
—Cela me plairait beaucoup ! Je réglerai cela avec nos sœurs ! Car je crains qu'elle n'aient beaucoup à faire au dispensaire pour les fêtes ! Mais cela peut certainement s'arranger. Pour le voyage, je monterai dans le camion avec les jeunes gens ! Je leur chanterai de jolis chants de Noël ! Alors à demain, Blanche, et ce soir, Gigi et vous, fermez bien vos portes !

Blanche Dumain fit un dernier tour d'appartement. Les jeunes gens venaient de charger en dernier lieu son carreau de dentellière et sa table juponnée ayant servi jusqu'au dernier moment d'abri pour Pitou. Le doux animal avait protesté énergiquement lorsque sa maîtresse la déposa dans son panier en lui expliquant dans d'affectueux murmures qu'on s'en allait.
Blanche leva machinalement les yeux vers l'emplacement vide de sa jolie pendule de

porcelaine au discret tic-tac. Elle eut comme un choc en ne la voyant plus.

« *Ce que c'est que l'habitude...* »

Il ne demeurait que la trace discrète de son emplacement. La compagne des heures passées à se pencher sur la danse incessante des fuseaux, avait été précautionneusement emballée et ne reprendrait vie que dans sa nouvelle demeure.

Les plantes vertes avides de lumière qui égayaient l'appartement avaient été elles aussi chargées dans le fourgon et il sembla à Blanche que le vide qui l'entourait symbolisait la fuite inéluctable de tout ce qu'elle avait aimé. C'était comme si les murs se refermaient, passaient déjà à autre chose, résignés à être abandonnés.

Les pas de Blanche résonnaient lugubrement. Elle murmura « *Merci* » à son passé en effleurant les tapisseries un peu décolorées des murs, le carrelage bleu et blanc de la cuisine où elle avait préparé tant de repas, la salle de bain grenat, un luxe pour l'époque où elle se parait pour plaire à Isidore. La chambre...

« *Gigi a raison...* » se dit-elle. *Tout ce qui nous a accompagné dans notre vie ne tient pas à rester en arrière. Tout ce qui contient notre amour veut venir avec nous...* »
Pitou qui s'impatientait dans son panier la rappela à l'ordre et la tira de ses pensées nostalgiques.
—C'est que nous ne sommes pas encore arrivées ! Me voici ma Pitou ! On s'en va ! Dis adieu à ces vieux murs ! Aux appuis de fenêtres que tu escaladais pour grimper sur le toit ! Là-bas, tu auras un jardin !
Blanche prit le panier du chat, regarda encore une fois la grande pièce :
—*Merci et adieu...* murmura-t-elle.

Puis elle tira la porte et retrouva Gigi tenant par la main Carinou qui fit mille fêtes à sa Pitou adorée.
—Vous avez dit aussi au revoir à vos murs, Gigi ! Pas de regrets ?
—Oh ! Non ! Blanche ! Si je vous disais que je me sens un peu... étrange... mais heureuse, aussi ! Merci Blanche !
—Moi aussi, chère Gigi ! Je me sens comme vous !
Les deux femmes s'étreignirent, très émues

tout de même de quitter tout un pan de leur vie.
Mais Carinou prit d'autorité la main des deux femmes.
—Bon ! Il est temps de s'en aller maintenant ! Dit-elle avec ce bon sens qui surprenait toujours son entourage. Il faut laisser vos deux maisons se reposer ... En avant ! Et la semaine prochaine, c'est Noël.

Quand elles poussèrent la porte de la rue, les deux voisines eurent un même cri de surprise. Il tombait une neige lourde et mouillée, en flocons énormes et compacts, une neige dont on ne sait si elle tiendra au sol ou fondra dans les dix minutes.

Un petit sac de voyage à la main, une dame en bottillons, à long manteau sombre et coiffée d'un bonnet, venait vers Blanche et Gigi aussi vite qu'elle le pouvait, mais veillant tout de même à assurer son équilibre.
—Ouh ! Dit Sœur Céline, méconnaissable sans sa cornette. Je crois qu'il ne faudra pas traîner... Nos loustics sont-ils dans les parages ?
—Je ne crois pas... Pas de fourgon marron

en vue ... affirma Medhi.
— Sœur Céline, vous me faites penser à Dominique Lavanant dans la série *Sœur-Thérèse.com* qui passe à la télé ! Déclara Louba.
La sœur rit de bon cœur.
—J'ai moins d'allant que cette dame ! Mais j'avoue que je ne rate jamais un épisode de la série... J'adore les enquêtes... Medhi, as-tu vu la neige ? Te sens-tu de conduire ?
—Mais oui, ma sœur ! Et puis avec deux gentes dames à mes côtés, je ne crains rien ni personne !
Carinou tapota la main de la religieuse :
—Soeur Céline, tu n'as plus ton chapeau de fée ! Mais alors, tu perds tous tes pouvoirs !
La sœur déposa un baiser sur la menotte de la petite :
—Je l'ai ôté parce que je tiendrais trop de place dans la cabine du camion. Mais sois tranquille, mon enfant ! L'emblème de mon ordre est invisible, mais il est bien toujours là.
Et elle montra son cœur.

Une 4L beige vint se garer contre le trottoir. Gigi se sentit toute remuée en apercevant le véhicule. C'était comme si le film de la vie se

rembobinait. Miguel ouvrit la portière et son premier regard fut pour son amie. Le cœur battant, Gigi s'empara du bras de Mme Dumain et la conduisit vers la place du passager, à l'avant.
—Non, non ! Protestait la dentellière. Je monterai à l'arrière avec la petite et Pitou !
—Pas question ! Vous surveillerez ainsi notre chauffeur, Blanche ! Vous ferez la co-pilote.
Miguel installa sa passagère bien comme il faut, avec un plaid sur les genoux. Au passage, il vola à Gigi un baiser qu'il déposa sur son front. Elle lui sourit en retour, très émue, fit monter Carinou et assura le panier de Pitou sur le siège arrière.
—Mes enfants, il faut y aller ! Lança Sœur Céline après les présentations. Regardez comme la neige tient !
—Vous avez raison, ma sœur ! Convint Miguel. Si on attend encore, on devra descendre la colline en chasse-neige pour rejoindre la voie express...
Sœur Céline s'approcha :
—Miguel, êtes-vous au courant pour cette camionnette marron qui est demeurée garée toute l'après-midi de jeudi au bas de l'immeuble ?

—Ma foi...
—J'ai relevé le numéro... Deux hommes en sont descendus et sont venus sonder les murs de l'appartement de Blanche. Qu'est-ce que vous pensez de cela ...
—J'avoue que c'est assez déconcertant... J'ai un ami à la préfecture, je vais l'appeler... Nous surveillerons les camionnettes marron en route...
—Peut-être faisons-nous du roman, mais enfin...
—Non, vous avez raison ma sœur, nous allons regarder cela de près... Il faut y aller à présent, sinon, la neige risque de nous bloquer.
Tous se couvraient déjà de flocons insistants.

—Ça ira Mehdi ?
Le jeune homme qui veillait à installer la religieuse et Louba dans la cabine du fourgon, leva un pouce et acquiesça :
—Alors, on s'attend sur l'aire d'autoroute de Solaize après la Mulatière ?
—D'accord comme ça ! S'il y a un problème, on s'appelle. Je t'ai donné mon numéro de portable, je crois...
—Oui, M. Miguel ! Je passe devant, si vous voulez...

—OK, je te suis... Et tu m'appelles Miguel et tu me dis *tu*, ce sera plus pratique.

Miguel asséna au jeune homme une bourrade amicale :

—Va doucement, quand même, y'a pas le feu au Rhône...

Miguel rejoignit la 4L et referma la porte sur Gigi qui venait de prendre place à l'arrière avec Carinou et le panier du chat entre elles deux. Elle avait ajusté le siège enfant et la ceinture de sécurité, vérifié que la portière de la petite était bien fermée.

—Dis-moi, tu as modernisé notre carrosse, lança-t-elle à Miguel par la fenêtre entrouverte. Il y a même un siège pour les petits...

—C'est que... Je suis grand-père, figure-toi, dit-il doucement.

—Vraiment...

Gigi, agitée de sentiments contradictoires, tentait d'imaginer le Miguel de sa jeunesse avec un bébé dans les bras, et qui n'était autre que le fils de son fils.

—Eh oui, mon Julio est divorcé, mais de temps à autre, il me confie son garçon : un petit Samuel qui doit avoir à peu près l'âge de

Melle Caribou... Comme son père avant lui, il adore que je le promène dans ce véhicule !
—Mais alors ! S'exclamait Carinou, je vais pouvoir jouer avec lui ! Chic ! Je vais avoir un nouveau copain !
—Il faudra attendre un peu ma belle... Pour le moment, il est en Espagne, chez sa maman... et chez sa grand-mère, accessoirement. Bon ! Allez en voiture ! Medhi démarre ! Il ne faut pas trop se laisser distancer !

Le fourgon quittait le boulevard des Marronniers. Gigi et Mme Dumain avaient levé une dernière fois les yeux vers le vieil immeuble familier qui s'éloignait lentement, découpant sa façade bise dans les vitres un peu embuées de la voiture. Les deux voisines se serrèrent la main, échangèrent un regard :
—Et voilà... soupira Blanche. A Dieu vat...
Carinou conversait avec Pitou qui tentait d'une patte habile de saisir les mains gantées de la petite à travers la grille de son panier.

—C'est l'aventure ! S'exclamait l'enfant toute rose de plaisir. Si maman nous voyait...
Le fourgon prit prudemment la descente pour rejoindre les quais du Rhône. Malgré le sel

déversé par les services de la ville, la chaussée était gluante et légèrement périlleuse.
—Regardez... fit Blanche. On dirait que la neige ne tient pas, mais il se peut bien qu'à mesure que l'on quitte la ville, la couche se fasse plus épaisse...
—C'est que le bâti garde un peu de chaleur, répondait Miguel. Et puis il y a toute la circulation en ce début de week-end et les départs pour Noël. Cela fait monter légèrement la température. Mais dès qu'on va se trouver en-dehors de Lyon, il risque d'y en avoir plus... Mais on devrait y arriver...
Il eut pour Gigi dans le rétroviseur, un regard dont la tendresse la bouleversa.

—Vous auriez dû monter devant, Gigi, tout de même ! Dit alors Mme Dumain.
—Oh ! Je préfère la savoir à l'arrière ! Répondit Miguel. Si vous saviez, Blanche, que Gigi est une passagère récalcitrante ! Si on la laissait faire, elle vous prendrait le volant des mains et appuierait sur les pédales sans vous demander votre avis !
—Ça alors, c'est tout le contraire ! Ne le croyez pas, Blanche ! Autrefois, je ne pouvais

conduire la voiture sans m'exposer à toutes sortes de réflexions de la part de ce monsieur !
Miguel lui décocha un coup d'œil malicieux dans le rétroviseur et Mme Dumain rit de bon cœur à cette innocente chamaillerie.
—Si je vous disais que je ne suis pas descendue de la Croix-Rousse depuis des mois... dit-elle en observant la circulation et les hautes façades du centre ville. Les seules escapades que je me suis permise, c'est grâce à vous Gigi ! Et vous-même, ma chère, ne bougez pas beaucoup... Hormis vos voyages au mazet avec Jean-Alb… Mon Dieu, où ai-je la tête...

Gigi n'avait jamais vu Mme Dumain rosir de la sorte sous sa poudre de riz. Effarée, Blanche se tournait vers sa voisine qui lui sourit tout égayée.
—Mon Dieu, Gigi, comme je suis sotte... je vous demande pardon... C'est tout cela... qui me met la tête à l'envers...
Gigi rit franchement :
—Mais ce n'est pas un secret d'état, Blanche ! Soyez sans crainte... On peut même dire que c'est de l'histoire ancienne...

Miguel ne semblait pas avoir suivi la conversation. Au feu rouge, il observait les véhicules qui l'entouraient, essayant de deviner la présence d'une camionnette marron. Au prochain arrêt, il appellerait son copain de régiment qui travaillait à la Préfecture du Rhône.

Depuis son poste de fonctionnaire à la mairie, Miguel en avait vu de toutes sortes au cours de sa carrière, et ne se faisait guère d'illusion sur la cupidité humaine, et ce qu'elle était capable d'inventer pour spolier les plus faibles...

Les essuie-glace s'activaient pour chasser la neige pâteuse. Le ballet des flocons décolorait le flot des voitures, abaissait le ciel qui posait sur la ville une lumière de perle.

Le silence se fit dans le véhicule. Carinou, une main protectrice sur le panier du chat, somnolait. Blanche et Gigi regardaient à l'extérieur et en elles-mêmes, s'éloigner leur passé.

9

Comme l'avait prévu Miguel, la neige sembla plus insistante une fois que le véhicule fut engagé sur l'autoroute. Les conditions atmosphériques et le trafic des départs en vacances ralentissaient l'allure. Malgré le salage, la neige tenait bien au sol et de plus en plus à mesure qu'on avançait vers le sud.

Cependant, de temps à autre, des conducteurs moins timorés ou inconscients se dégageaient des longues files en prenant des risques. Il y eut loin devant, des feux arrière qui s'allumèrent en cascade, et le flot ralentit. Miguel et les dames surveillaient le fourgon conduit par Medhi.
—J'espère que tout va bien pour ce jeune homme, s'inquiétait Blanche.
—On passe la Mulatière et ensuite on s'arrêtera sur l'aire d'autoroute de Solaize...

Miguel tenait prudemment sa droite en gardant une vitesse constante afin d'éviter coups de freins brusques et patinages. Mais les véhicules à la queue leu leu le dépassaient allègrement sur sa gauche, nullement gênés semblait-il par les quelques centimètres de boue qui délimitaient les files. Soudain, le portable de Gigi résonna :

—Mamie, c'est Louba. Sœur Céline vous fait dire qu'elle a repéré une camionnette marron qui vient de nous doubler. Malheureusement, avec le trafic, elle n'a pas pu vérifier l'immatriculation.

—Très bien, ma chérie.... je transmets. Tout va bien pour vous ?

—Oui, oui, mamie. Medhi est un vrai as de la conduite !Et vous, tout va bien ?

—Miguel aussi, est un as de la conduite ! N'oubliez pas de vous arrêter à la prochaine aire d'autoroute !

Lorsque la 4L atteignit la station-service de Solaize, Medhi avait garé le fourgon à proximité de la boutique, et ses passagères se tenaient auprès de lui à l'abri de l'auvent. Miguel put s'arrêter non loin.

La neige ne semblait pas décidée à cesser, donnant l'impression que le jour baissait plus tôt que prévu.

Miguel proposa une boisson chaude, mais

Carinou n'y consentit que si on prenait le panier du chat.
—Si on volait la voiture, ce serait terrible !

Le groupe alla s'attabler vers le distributeur de boissons et Carinou en profita pour demander à Gigi de déposer quelques croquettes et verser un peu d'eau dans la soucoupe du chat à travers la grille du panier.
—Il ne faudra pas s'attarder... dit Miguel. Je pense plus raisonnable de sortir à Chasse-sur-Rhône comme prévu. On traversera le pont et après Givors, on continuera sur la N86 par Condrieu. Il ne faudrait pas se trouver coincés sur l'autoroute, d'autant que la circulation devient de plus en plus importante et périlleuse ! Et cette camionnette marron, ma sœur ?
—Elle nous a doublés juste après le grand virage de la Mulatière. Le conducteur prenait des risques, d'ailleurs. Ensuite, le fourgon s'est rabattu, sans doute pour rouler vers Vienne. Mais je ne pourrais pas affirmer qu'il s'agissait du véhicule des deux hommes qui ont sondé les murs chez Blanche...
—Ce sondage est plus qu'étrange... réfléchit Miguel. Lorsque nous serons arrivés à bon

port, j'appellerai mon ami de la Préfecture du Rhône. Pour le moment, je crois qu'il importe de sortir de l'autoroute !

Blanche et Gigi étaient occupées à effectuer quelques emplettes pour le voyage et le repas du soir. Miguel rejoignit les deux amies :
—La note est pour moi, glissa Miguel à l'oreille de Gigi.
—Vous n'y pensez pas ! Se récria Blanche qui avait entendu. Vous nous voiturez, vous n'allez pas aussi nous nourrir, cher Miguel !
—J'y tiens, Blanche ! Cela me fait plaisir ! Allons, il faut regagner la voiture !

Louba avait déjà installé sa petite sœur et le chat à l'arrière de la 4L et les jeunes gens conversaient avec Sœur Céline à côté de l'auto.
Miguel et les deux femmes furent surpris par la neige qui redoublait, faisant valser et tourbillonner de gros flocons qui venaient en chuintant se déposer en couche toujours plus épaisse.

Miguel fit monter les dames dans le véhicule, et après avoir aidé Sœur Céline à grimper

dans le fourgon, les jeunes gens y prirent place à leur tour.
—Peut-être la camionnette marron est-elle là à nous épier... souffla la religieuse.
—Ouvrez l'œil et le bon, ma sœur ! Répondit Miguel en posant sa main sur celle de Sœur Céline par la portière entrebâillée.
—Passe devant, Medhi. Donc, on sort à Chasse-sur-Rhône, on traverse le pont de Givors. On s'arrête un peu plus loin, et on fait le point.
Medhi acquiesça et se désengagea du parking. Miguel se mit au volant et le suivit. Une fois quitté le relatif abri de la station-service, il semblait que la neige se faisait plus insistante, et la circulation chaotique. De plus, les essuie-glace avaient fort à faire pour dégager la vitre des flocons têtus qui s'écrasaient en grosses fleurs mouillées.

Dans la voiture, tous gardaient à présent le silence, comme si chacune des passagères avaient à cœur de demeurer concentrées pour ne pas distraire le conducteur. Carinou semblait sur le point de s'assoupir, ses petits doigts agrippés au panier de Pitou.
—Pitou fait une petite sieste de repos !

Déclara la fillette dans un soupir. Et je crois bien que Caribou va en faire autant...
—Dors ma chérie... Nous te réveillerons quand nous serons arrivés.
Gigi remonta la couverture qui protégeait l'enfant et ne put s'empêcher de penser avec un peu d'anxiété à Jasmine, qui était loin de se douter de l'équipée de la petite troupe.

—Nous allons bientôt prendre la bretelle pour Chasse et rejoindre la nationale... annonça Miguel. Tant mieux ! Je ne suis pas tranquille sur l'autoroute. Il suffit que quelqu'un s'affole et freine inconsidérément pour provoquer un carambolage !

Il disait cela tout en surveillant, à quelques centaines de mètres à l'avant, le fourgon de Miguel qui venait d'actionner son clignotant pour se rabattre à droite.
A ce moment, Blanche et Gigi étouffèrent une exclamation, et Miguel un juron.
Une voiture noire venait de déboîter sans se signaler puis, coupant la route aux véhicules qui précédaient la 4l, fonçait sur la voie de dégagement. L'engin fit une queue de poisson au fourgon de Medhi.

Le jeune homme tenta une manœuvre pour se rabattre vers la glissière en catastrophe, tangua un peu et par miracle réussit à se rétablir alors que le véhicule noir disparaissait derrrière le rideau de flocons.
—Mon Dieu ... mon Dieu... souffla Blanche. Ah ! J'ai bien cru que les petits allaient au fossé !
Par dessus l'appuie-tête, Gigi serrait convulsivement sans en prendre conscience, l'épaule de Miguel.
—Vous avez vu ça... parvint-il à prononcer. Il y a vraiment de fichus crétins sur terre !

Blanche passa sous son nez sa pochette brodée imbibée d'eau de Cologne et Gigi relâcha son étreinte, un peu gênée. Carinou, nullement perturbée, dormait tranquillement.
A ce moment, le téléphone vibra et la voix de Louba leur parvint :
—Vous avez vu ? Heureusement que Medhi avait repéré ce danger public dans le rétro !
—Mes enfants ! S'écria Gigi. Comme vous avez dû avoir peur...
—Moins que vous, j'en suis sûre ! Rit la jeune fille. Mais ouh ! J'ai bien cru qu'on allait se retourner !

—Bravo ! Medhi est un vrai *Fangio* ! Lança Miguel.
—Je vous passe Sœur Céline !
—Dieu soit loué ! Soupirait la religieuse. Vous allez penser que je frise la parano, mais... j'ai tout de même relevé le numéro...
—Pensez-vous que nous serions la cible de malveillances ? s'inquiétait Blanche Dumain. Je ne voudrais pas être la cause de désagréments...
—Soyez sans crainte, Blanche, dit Miguel, les maladroits et les inconscients ne manquent pas... Medhi, veux-tu t'arrêter avant le pont de Givors pour vous remettre de vos émotions ?
—Mes passagères sont de mon avis, il vaut mieux se retrouver rapidement sur la 86. Ensuite, il y aura toujours des arrêts possibles sans être pressés par la circulation dingue de l'autoroute.
—Mes pauvres amis... soupirait Blanche, et si les passagers de cette voiture noire étaient des acolytes de ceux du fourgon marron... J'espère ne pas vous entraîner dans une mauvaise affaire...

Ils venaient de traverser le pont de Givors à Chasse-sur-Rhône et furent soulagés de se

retrouver sur les quais du fleuve, où l'on roulait avec plus de visibilité malgré le tourbillon têtu des flocons.
—Vous savez Blanche, je pencherais plutôt pour des chauffards. Avec les conditions de circulation, ils ne manquent pas...
—Oui, Miguel, vous avez raison... Mais tout de même, je ne voudrais pas jouer les mauvais augures... Je ne sais pas l'exprimer, mais j'ai comme l'intuition qu'il y a un danger qui nous poursuit.
—Mon ami de la Préfecture va vérifier les numéros relevés par Sœur Céline et me rappellera. On verra peut-être si l'on peut déduire des propriétaires des véhicules, s'il y a lieu de s'inquiéter ou non.
Gigi posa une main apaisante sur l'épaule de Blanche.
—Blanche, c'est beaucoup de changements pour nous. Et puis, dans notre pigeonnier de la Croix-Rousse dont nous ne descendions pas beaucoup, on ne voyait plus les choses comme elles sont : souvent violentes et inattendues...
—Vous avez raison, Gigi... sourit Blanche.
—En même temps... repartit Gigi. On n'est jamais trop circonspect... Pensez-vous que les

New Elegance nous traceraient jusqu'ici ... Qu'en penses-tu Miguel ? Toi qui travailles dans une mairie, tu dois en voir de belles...
—Il est vrai qu'on serait surpris de la malveillance de personnes attirées par le gain... Mais dans le cas des *New Elegance*, la question est : quel est leur intérêt ? Car, s'ils n'arrivent pas à vous attirer dans leurs filets, Blanche, et toi aussi Gigi puisque ton nom figurait dans la liste que j'ai vue des prétendants possibles à la location de leurs biens, il ne manquera pas de candidats. Donc, je ne comprendrais pas qu'ils s'entêtent de cette façon...

Gigi considéra l'enfant endormie, belle comme un ange, et au-dehors la neige en tourbillons affolés, effaçant toutes les lignes.
—Et si leurs gros bras embauchés pour terroriser les retraités, dit-elle soudain, reprenaient les dossiers à leur compte ?
Miguel lui sourit dans le rétroviseur :
—Tu ferais un bon détective ! Il faut t'associer à Sœur Céline ! En même temps, ce ne serait pas impossible. Mais je pense qu'il ne faut pas se mettre martel en tête avant d'avoir la certitude que les incidents que nous venons de

vivre sont fortuits ou pas...
Après Loire-sur-Rhône, ils s'arrêtèrent en bord de route et se concertèrent.
—Quel inconscient que ce chauffard ! Quelle peur, mes enfants ! S'écria Miguel à l'adresse des jeunes gens et de Sœur Céline.
—C'est toujours comme ça dans les périodes de vacances ! Fit Medhi haussant les épaules. Il y a beaucoup de gens qui ne prennent le volant que pour les grandes occasions... Et qui pensent qu'on roule sur la neige comme normalement...
Sœur Céline garda pour elle son sentiment qui rejoignait les craintes de Mme Dumain. Même si Medhi n'avait pas tort. Mais elle n'ignorait pas de quoi sont capables des personnes attirées par l'argent...

—On peut passer par Vienne et suivre la Nationale 7... proposa Miguel. Mais on risque de se trouver coincé en traversant le centre ville. M'est avis de suivre la 86. Qu'en pensez-vous ? Il y a tout le long des villages où l'on pourra aisément s'arrêter si cela devenait impraticable...
—Quant à moi, je suis de ton avis, Miguel. On pourrait même s'arrêter à Arras pour

demander de l'aide à Denis le brocanteur, le cas échéant ! Sourit Medhi.

—Eh bien, je crois que ces dames ont en cet homme, un allié de choix ! Bon... Il est midi et demie... Avec un peu de chance, nous serons pour deux heures à Hauterives...

—Il faudrait peut-être prévenir votre correspondant, Blanche, si nous avions du retard, suggéra Gigi.

—C'est que... Il n'est point indiqué de téléphone dans le courrier...

—Nous allons faire au mieux, alors... Ne tardons pas...

Miguel recommanda à Medhi d'être bien prudent après Saint-Vallier, dans les gorges longeant la rivière avant Saint-Uze.

—Ensuite, quelques moutonnements, et je pense qu'il n'y aura pas trop de problèmes pour gagner La Motte-de-Galaure et Châteauneuf, et ensuite, on sera tout près de Hauterives !

10

Au terme d'un périple prudent parmi les grands arbres ployant sous une neige collante, dans une gorge sauvage où s'installait une nuit précoce, le fourgon et la 4L parvinrent au bourg de Saint-Uze, célèbre pour ses belles céramiques.

Heureusement, les services municipaux et départementaux s'employaient partout à dégager la route, et le petit convoi atteignit enfin le bourg de Châteauneuf-de-Galaure.
Sœur Céline conta la vie de la sainte Marthe Robin, qui passa toute sa vie en proie à de terribles maux, et couchée dans son lit. On venait la visiter et lui demander d'intercéder auprès de la Vierge Marie pour des causes désespérées.
—Mais on peut toujours lui demander de l'aide ! Exposa Sœur Céline. Elle fait encore des miracles pour ceux qui le demandent.
Ils découvrirent la belle campagne alentour, avec ses maisons en galets roulés toutes coiffées de neige.

—Nous aurons un joli Noël de carte postale !
Sourit Blanche, ravie.
Ils entrèrent bientôt dans Hauterives.
—Voici l'Eglise ! Je ne manquerai pas d'aller écouter la Chorale qui y répète des chants de Noël !
Ils s'engagèrent dans la Grande rue.

—On voit le portail grenat ! Lança Louba dans le téléphone. Il est ouvert ! Et il y a une personne sous un grand parapluie ! Nous sommes attendus !
—Fort bien ! On se garera derrière vous ! Répondit Miguel.
Le fourgon se fraya un passage jusqu'au parking le long de la rue, escaladant les bourrelets gelés dont le chasse-neige avait ourlé chaque côté de la voie. La 4L s'immobilisa à son tour avec quelques difficultés le long du trottoir.
— Voilà sans doute M. Journet ! Dit Mme Dumain.

Un petit homme qui s'abritait sous un pépin antédiluvien, avait trouvé refuge sous l'auvent d'une boutique proche de la maison dévolue à Blanche Dumain.

Le personnage sembla hésiter, sans doute à cause de son évidente myopie corrigée par des verres très épais. Puis il s'avança à la rencontre des arrivants, d'une démarche mal assurée.

Une chapka lui couvrait les yeux et un manteau foncé battait ses mollets. Sa voix n'était pas moins étrange que sa mise : un bizarre filet de voix quelque peu éraillée.
Blanche Dumain tendit sa main gantée.
—Bonjour, vous êtes M. Journet ! Voilà que vous attendez dans le froid ! Je suis bien confuse ! Permettez-moi de me présenter : je suis Blanche Dumain, et voici Sœur Céline, ma chère voisine Gigi et ses enfants, et M. Berliner, un ami lyonnais.

M. Journet s'inclina fort respectueusement vers la bonne sœur, prit entre des doigts tremblants ceux de Blanche.
Il considéra longuement la dame puis tour à tour, les membres du groupe, en hochant la tête d'une manière un peu sénile. Semblant revenir sur terre, le petit homme secoua l'étonnante chapka à oreilles :

—Mais où ai-je la tête ! Entrez ! Entrez vite ! Vous pourrez vous réchauffer et prendre une bonne et chaude collation ! Je craignais que vous n'eussiez rencontré des … contretemps... avec ces intempéries, sait-on jamais...

—Ah ! Il y a donc du feu ! S'exclama Blanche malgré elle.
—Mais bien certainement, j'ai … Enfin, Me Nicolas a bien recommandé que tout soit prêt lors de votre arrivée ! C'était... C'était d'ailleurs le vœu le plus cher de … Lancelot Verrier...
—Je brûle de connaître son histoire... Comme je suis reconnaissante à ce monsieur d'avoir pensé à moi... Si vous saviez comme cela tombe... Mais je me demande bien...
—Oui oui... Eh bien, je ne manquerai pas de vous la raconter, coupa M. Journet. Ou plutôt... Me Nicolas s'en chargera... Mais dans l'immédiat, nous ne brûlons pas, bien au contraire ! Entrons vite ! Tenez... Prenez donc mon bras... Si ces messieurs veulent rentrer leurs véhicules dans le jardin, nous refermerons le portail et vous vous sentirez parfaitement chez vous !
—Mais vous-même, intervint Miguel,

comment rentrez-vous ? Nous vous raccompagnerons tout à l' heure!
—Certainement pas ! Répondit vivement M. Journet. J'habite à deux pas... Enfin, je ne vis pas à Hauterives, mais un de mes amis va m'héberger tout à l'heure. Si vous voulez bien remiser vos voitures ... J'ouvre le portail !
—Je vais le faire ! Proposa Medhi avant que le petit homme n'eut esquissé un geste.
Aidé de Miguel, le jeune homme parvint à repousser les battants et ménager dans la neige un passage assez large pour avancer le fourgon et la 4L jusqu'au fond de la cour.

Et là, ce fut un enchantement. Un jardin merveilleusement arboré dont on devinait sous la neige les puissantes ramures, s'étageait vers la colline. En haut, était érigée la maison qui joignait une rue supérieure par un escalier de pierre accolé au corps du bâtiment.
C'était une gracieuse et solide construction de facture dauphinoise, étroite et à un étage, le toit sous-tendu d'une génoise . Les arrivants reconnurent aisément la photographie que leur avait présentée Blanche.
Depuis la prise du cliché, les arbres avaient poussé, mais les deux modillons à figures

moyenâgeuses qui ornaient un des angles, sans doute sauvés de quelque abbaye menacée de ruine, n'avaient pas souffert des outrages du temps. Les figurines arrondissaient des yeux et bouches étonnés, comme si le fait d'être dérangées dans leur quiétude éternelle, les touchaient comme un événement inouï.

Le groupe demeura un moment sans voix, immobile malgré les flocons insistants. C'est alors que Carinou s'approcha de M. Journet et glissa sa menotte dans la main du petit homme. Ce dernier, étonné, considéra la fillette qui lui tendit un museau ravi.
Gigi faillit s'interposer, tant on recommandait régulièrement à la fillette de ne pas se montrer familière avec des inconnus. Tous furent aussi étonnés de ce geste que M. Journet, mais personne ne dit mot.
Gigi se promit de refaire la leçon à sa petite-fille, bien que son attitude l'étonnât : Carinou était toujours très méfiante vis-à-vis des inconnus. Mais Louba s'approcha et d'autorité, entraîna sa petite sœur vers la maison. L'enfant se dégagea avec assez de véhémence :

—Il faut sortir le panier de Pitou ! C'est le chat de Mme Deux-mains, exposa la fillette pour M. Journet.
Ce dernier éclata de rire :
—Oh ! Veuillez me pardonner, mais je trouve ce joli surnom extrêmement savoureux ! Ajouta-t-il pour justifier son hilarité.
—C'est parce que je suis dentellière, expliqua Blanche.
—Oui, je sais !
—Ah ! Bon ! Vous savez !
—Eh bien... Je pense que Lancelot Verrier a dû en toucher deux mots à Me Nicolas... qui me l'aura répété...
—Justement, j'aimerais beaucoup connaître ce qui me vaut cette bonne fortune... réitéra Blanche Dumain. Car voilà un événement tout à fait inouï ! Si je m'attendsais ! Vous voulez bien nous raconter, n'est-ce pas ?
—Bien certainement, mais entrons d'abord...

La petite troupe monta dans le haut du jardin, contournant un bassin où surnageaient des nénuphars.
Ils atteignirent la porte de la maison, une belle et haute porte de chêne. M. Journet tira de son manteau une énorme clé qui tourna sans bruit

dans la serrure ouvragée.
Ils se trouvèrent dans un hall aux tomettes rouges vernissées. Leur parvinrent le parfum mirifique et la chaleur dispensés par un feu de bois.
Un grand bahut de merisier rouge, surmonté d'une marmite à confiture de cuivre tenait le mur de gauche, sur lequel s'ouvrait une porte.
M. Journet la poussa :
—Entrez donc dans le salon, je vais faire chauffer le thé ou le café.
Il désigna sur le mur de droite une porte en ogive, sans doute celle de la cuisine.
—Mais ne vous donnez pas cette peine, je vais m'en charger ! dit Gigi. Les petites vont m'aider, n'est-ce pas, les filles ! Cette maison a beaucoup de charme, vraiment !
—Oui, n'est-ce pas ? Sourit le petit homme. Mais passons au salon.

Une cheminée de pierre blonde surmontée d'une belle coquille Louis XV offrait un magnifique feu clair, exhalant un parfum de résineux.
—Quelle merveille ! S'exclama Miguel. Si vous voulez bien m'indiquer où cela se trouve, je vais rentrer du bois,

—Je t'accompagne, Miguel ! proposa Medhi.
—Il y a aussi une chaudière au sous-sol, mais j'ai pensé, enfin, Me Nicolas a pensé que ce serait une bonne idée que d'allumer la cheminée pour votre arrivée.
—En effet, c'est très délicat de sa part et de la vôtre! Lança Blanche, que M. Journet guidait vers un ensemble de salon Louis-Philippe. Tous les sièges étaient recouverts de tapisseries au petit point qui contaient les Fables de la Fontaine. Carina s'exclama devant cette découverte.
—Regarde mamie, tous ces animaux !
Puis, tapotant la main de Blanche
—Est-ce que Pitou peut sortir de son panier ?

De fait, le petit chat miaula, semblant trouver le temps long dans son panier que Louba portait à bout de bras.
—Je crains qu'elle ne se sente perdue... soupira Blanche Dumain.
—Il faudra bien qu'elle découvre son territoire... sourit M. Journet. Je suis sûr que ce sera tôt fait ! Et même il y a quelques minets dans les environs, dont elle pourra se faire des amis !
Blanche ouvrit le portillon du panier, et Pitou

risqua un œil, puis une patte sur le grand tapis. Elle flaira autour d'elle, se frotta affectueusement aux pieds de sa maîtresse et de Carinou, puis disparut derrière un fauteuil.
—Vous verrez, elle s'habituera vite...

Gigi et Louba découvrirent la cuisine campagnarde qui offrait tout le confort moderne. Encastré dans une ancienne cheminée de pierre, un énorme poêle à bois en fonte et décor émaillé avait conservé ses fleurs Art Nouveau comme en créait Mucha. Le poêle ronflait doucement, et il semblait bien qu'on n'eût qu'à relancer le feu pour laisser mijoter quatre belles cocottes familiales vernissées, dignes d'une cuisine gastronomique.

—Et Blanche qui pensait que nous trouverions un taudis !
Carina les rejoignit, expliquant comment Pitou s'était cachée à l'abri d'un fauteuil.

—Nous allons lui déposer ici sa soucoupe et ses croquettes, tu verras comme elle prendra vite ses marques.
—Et puis, elle aura un beau jardin où elle

pourra se promener comme elle veut ! C'est trop bien ! Regarde, mamie, ce beau gâteau ! S'extasiait la petite.

Sur la longue table de noyer, une serviette de lin abritait une énorme tarte aux pommes et un plat de sablés, de quoi régaler tout un quartier, le tout semblant bien délicieux et sorti depuis peu du four. Carinou battit des mains.
—J'adore cet endroit ! Je ne veux pas retourner à Lyon ! Et Maman viendra avec nous ! Et j'adore M. Journet.
—A ce propos, ma chérie, tu ne dois pas te montrer trop familière avec les personnes que tu ne connais pas... Ainsi, tu ne dois pas donner ta confiance, et prendre une personne par la main... Enfin... Un monsieur... comme tu l'as fait tout à l'heure...
—Je sais bien, mamie...
—Nous ne connaissons pas M. Journet et...
—Mais mamie, M. Journet n'est pas un monsieur comme les autres...
—Que dis-tu là !
—Carinou dit sans doute cela à cause de la petite taille de ce monsieur...
L'enfant se tourna vivement vers sa sœur :

—Non ! Ce n'est pas pour ça ! Comme Monsieur Miguel, toutes les deux, vous croyez que je suis encore un bébé ! Je sais très bien qu'il ne faut pas parler aux messieurs, qu'ils peuvent nous faire du mal !
—C'est parfait, alors, s'il te plaît, plus de familiarités avec M. Journet, c'est compris ?
—Mais mamie, tu ne sais pas tout ! Moi je sais que...
—Oh ! Carinou ! Fais attention hein ? La réprimanda Louba. Tu ne parles pas sur ce ton à mamie Gigi ! Je pourrais bien raconter à maman comment tu te conduis !
Carinou rougit et les larmes lui montèrent aux yeux.
—Bon, l'incident est clos... intervint Gigi. Allons retrouver nos amis au salon !

Blanche, Sœur Céline et M. Journet étaient en grande conversation, à propos des toiles, dessins et pastels qui ornaient les murs. Gigi et Louba installèrent le service à thé de fine porcelaine qu'elles avaient trouvé sur la table de la cuisine. Avec précaution, Carinou déposa les petites assiettes et les serviettes de fil. La fillette s'appliquait tant, qu'elle en avait les joues rouges. Louba rapporta la tarte et

Carinou, après avoir juré qu'aucun incident regrettable n'arriverait, tint à l'aider à apporter l'énorme plat de sablés.

La porte du hall s'ouvrit sous la poussée de Medhi et Miguel, les bras chargés de bûches.
—Oh ! Où avais-je la tête ! S'exclamait M. Journet ! Vous auriez pu passer par l'escalier qui mène à la cave et ouvre sur l'extérieur. Ainsi, vous n'auriez-vous pas eu à vous mouiller !
—Et nous allons salir le parquet !
—Oh ! Ces braves sols en ont vu bien d'autres... Il y a plus important dans la vie, n'est-ce pas ? Mais déposez donc votre fardeau dans le coffre à bois, chers amis. Je n'ai pu vous être d'aucun secours, un malheureux accident de … chasse... Il y a bien longtemps... mais qui ne se laisse pas oublier...
M. Journet soupira, hochant la tête.

—Medhi et moi y suffisons bien, ne vous inquiétez pas ! Le rassura Miguel.
Tous, penchés à présent sur une tasse parfumée, savouraient la douceur du moment. Même M. Journet, un sourire tremblant sur

ses lèvres minces, semblait heureux d'avoir mené à bien sa mission. Carinou, assise non loin, ne le quittait pas des yeux. Et Gigi s'interrogeait sur cet engouement.

« Cette enfant manque sans aucun doute de présence masculine. Pourvu que cela marche entre Jasmine et son Wal-je-ne-sais-plus-quoi. Allons bon ! Voilà que je fais comme l'odieuse Ponterfrêche... »

Comme si Carina eut des antennes en place de ses ramures de caribou, elle bafouilla soudain, en poussant dans sa bouche un enième sablé :

—Ben, ici, on est tranquilles ! On ferme bien le portail, et Mme *Panthère-fraîche*, elle pourra pas nous embêter !

Alors que Blanche et Gigi échangeaient un regard navré, M. Journet laissa choir sa tasse sur le tapis, avec une sorte d'exclamation enrouée.

Il y eut un silence gêné. Carinou, un doigt dans la bouche pour faire glisser le biscuit, posait des yeux arrondis et inquiets sur les grands. Nul doute qu'elle venait de dire une bêtise...

—Carina ! S'exclama Louba. Arrête de manger comme si on allait te prendre ta part !

Que je te revoie enfourner comme ça ! Ça va chauffer !

Cependant, M. Journet s'était levé de son fauteuil avec difficulté pour réparer les dégâts de sa maladresse. Mais Louba et Medhi l'avaient devancé et devant la confusion de leur guide, Blanche proposa d'aller visiter la maison de manière à libérer au plus tôt M. Journet.

—Je suis bien désolé, voulut encore s'excuser le petit homme. Ah ! Il ne fait pas bon vieillir. Mais enfin, je ne suis pas parvenu à dépareiller le beau service de ma... de Lancelot Verrier. Mais suivez-moi, je suis bien ravi de pouvoir vous faire les honneurs de cette vénérable maison...

L'escalier de noyer aux marches sans péril menait aux étages sous le regard de pastel d'un beau couple du siècle dernier. Blonds tous deux, élégants et déliés.

—Quelles délicieuses personnes ! S'exclamait Blanche. Qui sont-elles ?

—Eh bien... Ce sont des parents de Lancelot Verrier.

—Ont-ils vécu dans cette maison ? Demanda Gigi.

—A vrai dire...

M. Journet tirait sur une barbiche imaginaire, et arrêté au premier palier, paraissait fouiller âprement sa mémoire.

—Il se peut... lâcha-t-il enfin, mais je n'en jurerais pas... Ce que je sais, c'est que la jeune femme était journaliste, et l'homme que vous voyez, son époux, détective privé...

—Ah ! Oui ! S'exclamait Blanche, mon époux Isidore m'a parlé de ces personnes, amies de M. Apollon Farine, son parrain... Ces malheureux ont péri dans le naufrage du Titanic, emportant leur bébé dans cet enfer...

—Oui... Il est bien possible qu'il s'agisse de ces personnes...

M. Journet souleva sa chapka, semblant soudain pris de bouffées de chaleur, et repoussa en arrière ses cheveux gris mal coupés en mèches inégales.

—Comme ils ont l'air heureux ! On ne peut s'imaginer qu'ils connurent une fin si tragique...

Sans plus épiloguer sur les propos de Blanche Dumain, leur guide engagea le groupe à découvrir les quatre chambres dont les portes donnaient sur un petit couloir tout de toile de Jouy tendu.

Les chambres étaient charmantes, meublées de lits à rouleaux Louis-Philippe avec tout un mobilier assorti et sur les lits, des courtepointes de boutis pastel ou éblouissantes de blancheur.

—Mme Cantout, qui s'occupait de la maison, a installé la literie mais vous avez tout ce qu'il faut dans les armoires et dans les salles d'eau attenantes, exposait M. Journet.

—Mon Dieu, s'extasiait Blanche Dumain, comme tout est charmant ! Je ne peux croire que je vais vivre ici, dans ce confort... J'aurais tellement voulu remercier M. Lancelot Verrier. Et Mme Cantout bien sûr.

—Je vous laisserai les coordonnées de cette dame, si vous pensez avoir besoin de ses services.

—Il nous faut vous payer vos bons soins, et aussi le bois, et tout ce que contient le frigo et puis…

—Non, non... fit M. Journet avec de grands signes de dénégation. Lancelot Verrier a tout prévu dans ses volontés. Tout cela est réglé. A présent, vous êtes chez vous ! Me Nicolas souhaitait vous rencontrer au plus tôt pour que vous entriez en possession des titres de propriété. Seriez-vous libre pour vous rendre à l'étude demain après-midi ? Voici d'ailleurs un premier document manuscrit qui atteste que la maison est bien vôtre. Si entre-temps...

Blanche prit entre les siennes les mains de M. Journet. Eperdue de reconnaissance, elle ne savait comment la manifester.
—Si vous saviez, M. Journet dans quelles affres je me trouvais... Et puis il y a eu ce miracle... Mais comment M. Lancelot Verrier a-t-il pu deviner dans quels problèmes je me débattais... Si vous pouviez nous expliquer...
—Certes, chère madame Dumain, mais je crois que Me Nicolas serait plus à même de la faire, et avec grand plaisir, j'en suis persuadé !
—Nous feriez-vous le plaisir de déjeuner avec nous demain, puisque vous êtes attendu ce soir !
—Oui, oui, déjeunez avec nous ! Scandait Carina en sautant sur place et battant des mains.
Louba lui fit les gros yeux et la fillette courut se cacher dans les jupes de Gigi.
—Je ne peux vous promettre, sourit M. Journet, car j'ai une santé un peu chancelante, et cela vous laisserait peu de temps pour vous rendre bien commodément chez Me Nicolas.

Je suis chargé de vous prier de lui pardonner cette précipitation, mais ... il faudrait que tout fût réglé au plus tôt. Une voiture vous sera envoyée pour vous mener bien sûrement jusqu'à son étude.
—Oh ! Mais mon carrosse saura parfaitement trouver le chemin ! Rit Miguel.

Après la visite de la maison de la cave au grenier, M. Journet prit congé. Tous le raccompagnèrent jusqu'au portail. Un peu plus loin, une berline noire attendait. Un long jeune homme en descendit et vint tenir la portière au petit homme. Tous deux d'un bel accord, saluèrent le groupe d'un signe de tête, et s'engouffrèrent dans le véhicule.
Lorsqu'il se fut éloigné en direction de la sortie du village, nos amis fermèrent le portail sur le jardin enneigé, et lentement, un peu ébahis de cette après-midi inattendue, remontèrent vers la maison.

—Vous avez vraiment là une belle demeure ! S'extasiait Miguel.
—Oui... Je rêve tout éveillée... soupirait Blanche au bras de Gigi et de Sœur Céline, qui psalmodiait à voix basse. Vous plairez-

vous ici mes bonnes amies ?
—Il faudrait être difficile...
Gigi serra la main de Blanche.
—Mon Dieu, je ne sais pas si je pourrai abuser longtemps de votre hospitalité ! En tout cas, quelle merveilleuse parenthèse que vous nous offrez là aux enfants et à moi !
—Je vous l'ai déjà dit, Gigi, vous êtes ici chez vous, et les petites, et votre Jasmine, et notre Sœur Céline, et nos gentils amis lyonnais. Allons ! Prenons possession de nos chambres ! Voyez ce qui vous convient le mieux !

Tous s'amusèrent un moment de Carinou qui essayait de lancer de petites boules de neige à Pitou. S'ébrouant et éternuant, le chat ne semblait pas s'offusquer du manège.
—Par où est-elle sortie ? S'étonnait Gigi.

—Elle a dû se glisser entre nos jambes, ou bien Carinou lui aura ouvert...
—Non ! S'écria Carinou. Je l'ai appelée, et alors, elle était là dans la maison! Elle n'est pas sortie ! Mamie, je reste encore un peu dehors avec Pitou, je rentrerai pour le goûter. Madame Deux-mains, je suis trop contente !

Ta maison est trop belle, je veux y rester toujours.

—Le portail est-il bien fermé ? Demanda Gigi.

—Tout ce qu'il y a de fermé ! Confirma Miguel. A moins de l'escalader...

—Chut ! Sourit Louba, un doigt sur la bouche. Vous allez donner des idées à ma petite sœur... Elle adore grimper partout.

—Oui ! Comme ça, on voit le monde de haut, et il ne vous voit pas ! S'exclama Carinou, avant de s'enfuir à toutes jambes en poursuivant Pitou qui se cacha sous un buis tout décoré de neige. La fillette poussa des hurlements de joie, lorsque Louba et Medhi prétendirent la battre à la course.

—Eh bien, grâce à Dieu, nous voici rendus à bon port, et voyez, Blanche, comme vos inquiétudes étaient infondées !

Aux bras de Miguel, Sœur Céline et Blanche remontaient lentement vers la maison, tandis que Gigi explorait les abords du petit bassin. Souplement, elle se penchait vers les basses branches de lilas et d'acacias, pour mieux voir ce qu'elles dissimulaient.

—Sois prudente, ma chère amie ! S'écriait Miguel. Il y a d'autres façons d'inaugurer les lieux que par un bain glacé !

—Heureusement, l'eau n'est pas gelée. Je craignais que Carinou ne s'approche trop près, mais ça n'est guère possible, la végétation est inextricable.

Miguel et ces dames vinrent aussi constater que le bassin ne présentait pas de danger particulier. En glissant un bâton entre les mailles de fer qui entouraient la pièce d'eau, Miguel constata qu'elle n'était à nul endroit très profonde.

—M. Journet m'a dit que le bassin est alimenté en permanence par une source. Ce monsieur semble très bien connaître la maison.

—Au vu de son grand âge, - enfin, je veux dire, un peu plus grand que le mien à ce qu'il me semble ! -, M. Journet a dû bien connaître M. Lancelot Verrier, dit Blanche Dumain. J'ai grand hâte de rencontrer M. Nicolas, pour qu'il nous en dise un peu plus sur ce mystérieux bienfaiteur ! C'est étrange... Il m'a semblé que M. Journet tenait à rester très sibyllin sur ce M. Verrier, n'est-ce pas ?

—Oui, Blanche, je partage votre avis... Tout

est merveilleusement... et si délicieusement mystérieux ! Lança Sœur Céline. Mais voyez comme ces journées d'avant-Noël se présentent de manière agréable !

La religieuse désignait les plus jeunes qui, les joues rouges et dans de grandes manifestations de joie, se poursuivaient autour des arbres et des massifs. Quant à Pitou, elle avait apparemment abandonné la partie, ayant semblait-il assez goûté des joies de cet étrange sucre qui saupoudrait ce nouveau paysage.

—Allons mesdames, rentrons au chaud, goûter le confort de cette merveilleuse maison, de ce paradis.

11

Chacun avait regagné sa chambre. La maison inconnue retrouvait un peu du silence qui l'enveloppait avant l'arrivée du groupe.
Sous la couette douillette du grand lit à coquille Louis XV, Gigi couvait d'un regard ravi ses deux petites filles dormant paisiblement. Pitou venait de sauter du lit et se glissait sans aucun doute vers la porte entrebâillée de Blanche Dumain. Le doux félin mettait semblait-il un point d'honneur à veiller sur tout son petit monde, naviguant sans se lasser d'une chambre à l'autre, comme pour vérifier que son ancien univers par un miracle inexplicable, se recomposait à présent ici, dans cette immense maison munie d'un escalier.

D'ailleurs, tandis qu'au souper, on se restaurait sous la suspension d'opaline, Pitou avait entrepris une exploration d'abord prudente entre l'office et l'escalier. Puis, enhardie à découvrir que le monde du haut et celui du bas étaient reliés par cette volée de marches qu'elle s'appropriait avec souplesse et une sorte de ravissement, la belle chatte avait passé une longue partie de la soirée à monter et descendre, entraînant avec elle une pelote de ficelle trouvée on ne savait où. Carinou accompagnait de ses rires et cris de joie, les allées et venues de sa petite compagne à quatre pattes. Et les adultes souriaient de ces jeux, comme s'ils laissaient présager les beaux jours à venir.

Tandis que ces dames installaient les chambres, Miguel et Medhi s'étaient d'autorité improvisés marmitons et bientôt, une délicieuse odeur de bonne soupe de légumes, de compote et de pommes de terre frites avait attiré la gent féminine jusqu'à l'office.
—Mon Dieu, s'était écriée Gigi, Miguel nous a fait son omelette de pommes de terre ! Vous verrez ça ! Un vrai régal !
—La recette de ma mère ! Précisa Miguel qui invita les dames à s'installer autour de la table. Et en dessert, on a les délicieuses pâtisseries de Mme Ben Careh, miraculeusement sauvées de la convoitise des gourmands !
—On a mis le couvert dans la cuisine, le poêle marche si bien ! Expliqua Medhi.

Les deux hommes avaient découvert dans la bonnetière en merisier emplie de linge de maison empesé, de grands tabliers blancs à volants bonne femme et ainsi ensachés, ils étaient irrésistibles. Blanche Dumain le leur dit, et se rangeant au garde à vous comme une brigade de grand restaurant, Miguel et Medhi déclarèrent qu'il fallait au moins cela, dans toute grande maison qui se respecte !

A présent, prise entre soulagement et exaltation, remuée par les événements qui s'étaient précipités ces derniers jours, Gigi pourtant épuisée, n'arrivait pas à trouver le sommeil. Ses pensées se télescopaient. Elle cherchait à résoudre elle ne savait quel problème, puisque de problème, d'urgence, il n'y avait plus. Et la porte sur le passé était inexorablement fermée. Avait-elle bien fait de s'engouffrer dans l'opportunité séduisante que lui offrait Blanche Dumain ? Pouvait-elle ainsi s'installer chez sa chère voisine ? Et qu'en dirait Jasmine ?
« *Après... Demeurer à Lyon eût vraiment été une sottise..* » Intuitivement, elle le ressentait. Son cœur lui disait qu'elle devait changer de vie et cela, depuis un bon moment.

Elle s'affolait de ce manque d'appétit pour la vie qu'elle éprouvait depuis plusieurs mois, et de ce rêve déraisonnable qui pourtant lui disait qu'une vie plus ... « *vivante* » était encore possible malgré son âge, sa « *moins-value irréversible...* ».

Et voilà que répondant à ses vœux secrets, le destin par le truchement de Blanche, lui permettait de passer à autre chose sans tout démolir dans un périlleux chambardement. En douceur, Blanche et Gigi entraient dans une nouvelle vie.
Une chaleur bienfaisante monta de son cœur à sa gorge et se propagea à tout son corps. Il y avait en elle quelque chose de fort, une sorte de certitude qui tentait de s'imposer et de commuer en stabilité ce changement soudain. Et miracle ! Cette certitude avait un nom, prenait corps, réchauffait son âme d'une douce nostalgie. Miguel...

Gigi se leva sans bruit, recouvrit bien comme il faut les petites, s'enveloppa de sa fidèle robe de chambre et glissa ses pieds dans ses mules. Elle repoussa doucement la porte, descendit à tâtons. Dans la montée d'escalier, un fenestron rendait la blancheur du jardin, jetant un reflet lumineux sur le portrait au pastel du couple 1900. Gigi les salua d'un sourire, et il lui sembla qu'ils le lui rendaient, à travers les âges.

« Ce que c'est que la vie... »

Attirée par un pétillement provenant de la cheminée du salon, Gigi poussa la porte entrebâillée et s'approcha du foyer. Quelques flammèches dansaient encore autour d'un spectre de bois carbonisé. Gigi ajouta quelques branchettes et posa par-dessus une bûche odorante. Les flammes rousses s'en donnèrent tout de suite à cœur joie et Gigi soupira d'aise, malgré cette petite pointe d'inquiétude qui ne la quittait pas, là, au creux de l'estomac.

« Pourquoi ces réticences, ces états d'âme... Bien sûr, c'est le changement, la nouveauté, la fatigue, tout ça... »

Gigi s'installa en tailleur face au feu de bois. Bientôt, échappant à la chaleur trop vive, elle vint s'asseoir sur le tapis, appuyant son dos meurtri contre un des fauteuils.

« Ah... je n'ai plus trente ans, à déplacer et charger des meubles, même pas très lourds... »

Elle se sentait les reins pesants et la tête vide, elle aurait voulu dormir pour pouvoir en s'éveillant, considérer sa vie comme une évidence, puisque tout était changé. Mais le sommeil la fuyait, comme pour l'obliger à farfouiller encore et encore dans ses pensées, mais seulement pour les regarder tourner en rond, sans apporter des réponses à ses questions. Au fait, quelles étaient les questions ?

Gigi était si plongée en elle-même, qu'elle faillit pousser un cri en sentant une présence auprès d'elle.
—Pardonne-moi, je ne voulais pas t'effrayer... souffla Miguel.
Il portait un gros pull irlandais sur un jean, comme lorsqu'ils avaient vingt ans, et elle lui sut gré de ne pas faillir à porter cette tenue de leur jeunesse, mais intemporelle au demeurant. Il avait les pieds nus, de beaux pieds intelligents, et elle faillit lui dire qu'il allait prendre froid, mais elle se souvint alors que Miguel marchait souvent pieds nus, aussi bien dans l'herbe que sur un tapis, et qu'il adorait cela et s'en trouvait bien.
—Non... Tu m'as juste un peu surprise, dit-

elle en poussant sa tête contre son épaule. Mais elle se redressa aussitôt, effrayée de cette familiarité.
« Voilà un homme que j'avais rayé de ma vie, et en quelques jours, quelques heures, je l'appelle au secours, mais je deviens folle, ma parole... Et j'ai l'impudence de me conduire comme une... goujate... Pour un peu... Et le pire... Il ne s'en formalise même pas ...»

Mais, tout étonnée, Gigi ressentit une bienfaisante chaleur dans toute la partie de son corps qu'elle avait appuyé contre lui. Et même, un peu plus bas, cet agréable pincement... Même avec Jean-Albert...
« Décidément, d'une autre manière, je suis comme Caribou... En manque de présence masculine.. »

Elle resserra son peignoir autour d'elle, et leva le visage vers Miguel qui la contemplait en souriant. Il se pencha vers elle, et elle frissonna. Mais il approcha les lèvres de son oreille :
—Je connais un bon remède pour remettre les idées en place et le cœur au chaud...
—Ah... Oui... murmura Gigi effleurant ses

joues brûlantes.
—Oui... confirma Miguel. Ne bouge surtout pas, je reviens...

Gigi le vit se diriger vers la cuisine, et lui parvint alors le choc de verreries que l'on tâchait d'assourdir.
« *Oh... Et puis...* »
L'esprit engourdi, elle posa sa tête sur ses genoux, réunis entre ses bras. Un tintement de cristal et une bonne odeur de rhum la tirèrent de sa torpeur.
—Un bon grog... Tu n'as rien contre ? Ma mère soignait tout avec ça : le spleen, la bronchite et tout le reste...
—Ta mère... je ne l'ai pas connue...
Elle faillit dire : « *et je le regrette...* »
—Oui... Une femme exceptionnelle... Comme toi... ajouta-t-il dans un sourire. Allez... Bois bien chaud... Tu es fatiguée ma Gigi...
—Et toi donc... Personne n'a ménagé ses forces depuis quelques jours...
—Justement... L'enjeu en valait la peine...

Ils burent en silence et Gigi apprécia beaucoup la boisson citronnée.
—Tu es le roi du grog ! Affirma-t-elle.

—Mais pas seulement, chère madame...
Assis sur le tapis auprès d'elle, il exhalait une bonne odeur d'homme propre, avec cette discrète eau de toilette ambrée, cette pointe de fougère, de lavande. Prise d'un léger vertige, Gigi appuya sa tête contre le fauteuil et ferma les yeux.
—Tu te sens bien ?
Il avait posé son verre et penchait sur elle son beau visage inquiet, attentif.
—Oui, oui, merci... Je... Je voudrais te demander pardon, Miguel...
—Allons bon... Si nous remettions les repentirs à plus tard...
—Non, non Miguel ! Je dois te dire que j'ai honte ! Non, ne proteste pas ! Honte de t'appeler après tant de temps, comme si tu étais à ma disposition, mais ce n'est pas ça... D'ailleurs, je n'ai pas très bien compris ce qui s'est passé dans ma tête, tout s'est précipité... C'était ... Comme une évidence... Sans que je puisse m'y opposer. Et... Si tu avais refusé... Je... Je ne sais pas ce que j'aurais fait !
Gigi se sentit au bord des larmes, sans savoir si ce chagrin était provoqué par la peur rétrospective d'avoir pu manquer ces retrouvailles, ou par des regrets du passé.

—Hum... Je crois que j'ai un peu poussé sur le rhum... sourit Miguel.
—Mais je suis sérieuse, figure-toi ! Pourquoi ris-tu ? Tu riais toujours autrefois, quand...

Gigi avait pris les mains de Miguel pour mieux appuyer ses paroles, et elle s'interrompit tout net lorsqu'elle sentit se refermer sur ses doigts, ceux de l'homme, chauds et bienfaisants.
Elle se sentit comme prisonnière de ces mains, mais une prisonnière qui accepterait sa prison.
Il se pencha et déposa un baiser sur son front, après ce qui sembla à Gigi une hésitation.

—Ecoute Gigi, tu te poses trop de questions... Accepte, s'il te plaît, qu'on ne peut pas tout maîtriser, que le destin nous réserve des surprises, et en l'occurrence de bonnes surprises ! Pour moi, si tu savais comme je suis heureux de te savoir tirée d'affaire ! Si tu savais comme j'ai été heureux lorsque tu m'as téléphoné ! Pour tout dire, je n'aurais jamais osé rêver à ce soir, où nous sommes là, devant un bon feu de bois, à parler en toute confiance. Et puis...

Il libéra légèrement les mains de Gigi, déposa un petit baiser sur ses fines phalanges. Elle levait vers lui ses beaux yeux d'ambre et Miguel avala sa salive. Il sentit remonter en lui le désir ancien qu'il avait eu de cette jolie femme, mais cependant ce désir lui parut nouveau, qui semblait n'avoir attendu qu'un mot magique pour se présenter.
« Bon sang... Ce que c'est que les émotions... J'ai l'impression de remonter le temps... »
Mais cette belle dame avait été si peu sienne. Au désir, il se mêla aussi une jalousie qu'il s'étonna de sentir aussi intacte, quoique assourdie.
—J'ai... j'ai rencontré il y a peu une de nos anciennes connaissances communes, Jean Baudel. Tu le vois toujours ?
« Nous y voilà... songea Gigi. Avec cette vieille pipelette de Baudel, on peut être sûr que les nouvelles vont vite. »

Gigi soupira :
—On ne se voit pas, on se rencontre... Ce vieux rat de bibliothèque est aussi *marieuse* à ses heures.
—Heu... J'ai cru comprendre que tu vivais avec son cousin... Un certain Jean-Albert...

Gigi se redressa :
—Ôte-moi d'un doute... Ça n'a pas fait la une du *Progrès de Lyon*, j'espère... Avec Baudel, sait-on jamais...
—Bah... Tu sais ce que c'est que les copains de fac... Certains n'ont jamais tout à fait quitté le campus...
—Alors, sache que je ne vivais pas avec Jean-Albert ! Enfin... pas vraiment. Et d'ailleurs, c'est... c'est fini... Mais je dois te dire que... Enfin, ça n'a aucun rapport avec ... avec toi... Avec nous, je veux dire... Avec Jean-Albert, c'est fini depuis longtemps et...

Éperdue, Gigi secouait la tête, se tordait les mains, tâchait de donner à ses propos un tour convaincant, de justifier son attitude envers Miguel.
—Tu comprends, Miguel, je ne voudrais pas que tu crois que je t'ai appelé en remplacement de Jean-Albert... C'est lorsque Blanche m'a parlé de sa maison, que j'ai pensé, qu'il m'est venu que ... mais qu'est-ce que je raconte ?
Effarée, Gigi s'interrompit, se saisit de sa tasse fumante, y plongea le nez et les lèvres.
—Je sais tout cela, ma chérie... murmura

Miguel penché vers sa joue. Et maintenant...
Elle releva si rapidement le visage vers lui que leurs bouches se trouvèrent presque l'une contre l'autre.
Il prit la main de Gigi et la fit se relever.
—Et maintenant, il faut aller se coucher...

Il la remorqua hors du salon et dans l'escalier. Elle le suivit comme une somnambule, trébuchant un peu contre les marches, mais la main de l'homme la guidait avec assurance. Elle refusait de penser à ce qui allait se passer, et se dit que de toute façon, ce serait bien...
Elle exhala un long soupir lorsqu'ils parvinrent sur le palier, et elle se sentit comme une victime consentante. La promesse des moments à venir était comme une délivrance qu'elle imaginait peut-être un peu laborieuse pour ce qui la concernait, mais délicieuse.

Mais Miguel s'arrêta devant la porte de la chambre de Gigi. Il poussa doucement le battant et déposa un doux baiser sur le bout des doigts de son amie.
—Bonne nuit ma très belle... Demain, nous aurons une journée bien remplie.

Dans la pénombre du couloir, le désir lui conférait un masque sévère, et Gigi se sentit prête de pleurer d'émotion, de se jeter dans ses bras, de lui donner ce qui lui revenait.
Mais par une douce poussée, il l'engagea à entrer dans sa chambre et tira la porte.

Elle l'entendit s'éloigner avec précaution et demeura un moment debout à contempler en elle-même ses pensées qui se bousculaient.
Puis elle sentit la fraîcheur s'insinuer sous son peignoir, et rejoignit à pas de loup les petites dormant dans les bras l'une de l'autre.

La couette bien remontée sous son menton, Gigi essaya longuement de recoudre les événements de ces derniers jours, et sombra finalement dans des rêves ourlés de neige, dans des glissements de cartons sur un sol de tomettes rouges et bien cirées.

Dans le songe, une porte s'ouvrait, et M. Journet chaussé de charentaises silencieuses, se glissait dans la maison, escorté de Pitou qui lui livrait ses impressions dans d'affectueux miaulements.

Madame Ponterfresch sortait alors d'on ne savait où et se campait sur ses hauts talons :
« *C'est drôle,* disait-elle d'une voix pointue, *cet engouement de tout le monde pour ce M. Journet !* »

12

La petite fenêtre dans la montée d'escalier laissait passer une blancheur magique, presque bleutée. Les flocons avaient cessé leur danse vertigineuse, et les nuages montraient un bout de ciel brillant d'étoiles, un insolent croissant de lune.

Le pinceau de lumière toucha soudain le grand pastel qui ornait le mur. Ce fut comme si le couple qui y était représenté se détachait du papier, prenait vie sous le jeu chahuteur de la lune.
Qui se fut aventuré dans l'escalier et eut tendu l'oreille, aurait peut-être perçu un léger chuchotis. Allons... Les portraits du passé ne parlent pas... Mais admettons. Voici ce qu'aurait pu entendre ce promeneur insomniaque :
« Que penses-tu mon cher aimé, de cette petite troupe qui va vivre ici... La toute petite est à croquer, ne trouves-tu pas ? »
« Je partage ton avis, ma chérie. Le Ciel est miséricordieux pour les mânes de la maison.

Un petit animal que la lumière irisait monta les marches, vint frotter sa joue contre le bois du grand cadre, et émit un discret ronronnement.
« Celle-là a tout compris... « murmura la dame. « Elle nous demande de veiller sur ses compagnons... »

L'homme détendit ses longues jambes, rectifia le pli de son pantalon, vint se poser au coin du bureau que l'on devinait dans le décor du pastel.
« Je crains, ma belle amie, que nous n'ayons bien de l'ouvrage... »
« Crois-tu ? »
« Rolog ne lâche pas comme ça... »

« Mais nous l'avons tous, de nos yeux vus, couché sans vie au pied de la tour du Château de Bressieux... »
« Nous avons vu sa dépouille... Et puis il n'est pas seul... Nous savons ce qu'il en est, à présent, de l'infiltration par ses comparses de la sphère militaire. Nous avons payé pour le savoir... »
La belle femme posa ses longs doigts fins sur ceux de son compagnon.

« Les temps ont changé... Nous ne risquons plus grands périls à présent... Et avec cette merveilleuse invention qui vient à domicile vous apporter le son et les images à la vitesse de la lumière, nous saurions bien nous défendre s'il le fallait ! Et défendre nos amis.. ! Ah ! Je te le dis, Philip ! On ne touchera pas à un cheveu d'or de cet amour d'enfant ! As-tu vu ces petites cornes pailletées qu'elle porte sur la tête ! Ah ! Quel bonheur ! Je suis folle de cette petite fille ! »

« Vous deviez être comme elle à son âge ! Elle est comme le chat avec qui elle s'entend à merveille ! Elle n'a peur de rien et ressent toutes choses... Auriez-vous envie de pouponner, ma très belle ?
Il se pencha et baisa le bout des doigts de la dame, sans la quitter des yeux. Une larme coula dans la douceur de pêche du pastel, faisant briller un peu plus les beaux iris bleus.
« Il est vrai que nous n'avons guère profité de notre enfant... »
L'homme pâlit.
« Il a vécu, ma chère, n'est-ce pas le principal. Je sais votre chagrin, mais voyez...

Son âme nous ramène ces belles personnes...Ah ! Je suis bien souvent taraudé par les remords... Mais pouvait-on prévoir ce qui se passerait dans la grande forêt des Chambarans... Ah... On s'est bien servi de nous... Si j'avais su... Jamais je ne vous aurais entraînée dans cette histoire qui avait commencé bien agréablement... »

« Quant à moi, je ne regrette rien... Bien sûr, il y eut le chagrin de la séparation, mais notre enfant était entre de bonnes mains, et n'avons-nous pas déjoué tous leurs plans, préservé ... ce que vous savez... Mais la malédiction s'est répétée avec notre fils... Lui aussi a souffert d'être éloigné de ses enfants... Quel grand malheur... »

L'homme acquiesça tristement.
« Ma belle, je crois qu'hélas, il n'est pas encore temps de nous reposer. Et pour ne rien vous cacher, il me semble que Philippine prend bien des risques... »

« Ne soyez pas trop sévère, la pauvrette avait tant de d'espérances de retrouver... »
L'homme serra la main de la belle dame :

« Chut... Pardon de vous interrompre, mais j'ai entendu du bruit... Demeurons attentifs ma très aimée... Les Chambarans n'ont pas fini de manifester leurs sortilèges... »

13

La tête sous l'oreiller, Gigi s'éveilla et étira bras et jambes. Envahie d'un bien-être qu'elle n'avait pas ressenti depuis longtemps, elle bâilla et chercha à son côté les enfants endormis. Mais les filles n'étaient plus là, et d'ailleurs par la porte entrouverte, lui parvenaient d'en-bas des voix enjouées, ainsi qu'un bon parfum de café.

Elle se retourna sur le dos et goûta merveilleusement la lumière qui se faufilait entre les doubles rideaux de velours grenat. Elle ne résista plus et repoussa la couette, courut regarder par la fenêtre. Plus d'immeubles, plus de bruits de moteurs montant de la rue. Partout, pour ce qu'elle apercevait du jardin et de la rue, des molletons d'ouate scintillante d'une épaisseur inouïe, paraient les arbres et les toits.

Gigi ouvrit la croisée, et le parfum subtil des deux pins proches sous leur parure de neige la confondit. De plus, le chuintement de la circulation de la rue lui parvenait étouffé et elle fut éblouie de se trouver dans un autre monde, plus préservé peut-être.

Elle passa dans la salle de bains toute carrelée de bleu et se réjouit de ce luxe qui lui rappelait d'agréables voyages. Elle se rafraîchit, se donna un coup de peigne, soupira en passant un doigt sur les rides qui étoilaient le coin de ses yeux.
« *Ah oui... Miguel...* »
Elle eût aimé être plus séduisante, mais voilà... Elle n'était plus la Gigi de leurs vingt ans...

Elle allait franchir la porte de la chambre et s'arrêta net. Elle porta ses doigts à ses joues échauffées.
« *Mon Dieu, j'ai bien cru cette nuit que... Mais Miguel est un gentleman, moi, par contre... Allons Gigi, nos mamans nous disaient toujours qu'il ne faut pas coucher le premier soir.* »
Elle rit silencieusement :
« *Malgré mes rides, j'ai l'impression de rajeunir... C'est délicieux... Allons... J'ai hâte de retrouver notre petit monde ...* »

Lorsqu'elle parut sur le seuil de la cuisine, un ourson de peluche rose lui sauta au cou et déposa sur sa joue un baiser à la confiture.

—Mamie, je suis trop heureuse ! On est au paradis ! Tu as vu toute cette neige ! Je veux rester ici toujours ! Madame Deux-mains est d'accord !

Gigi contempla avec bonheur la tablée installée autour du petit déjeuner. Medhi se leva pour avancer une chaise, et chacun se mit en quatre pour la servir. Même Pitou vint passer sa tête ronde sous son menton avant de humer avec délice la brioche dorée qu'on venait de déposer près de son bol.

—Merci ! Merci ! Riait Gigi. C'est vrai qu'on est si bien ici ! J'ai dormi comme un ange !

—Un ange qui ronflote un petit peu quand même, précisa Carinou entre deux bouchées, ignorant les gros yeux que lui faisait Louba.

Blanche et Sœur Céline arboraient des visages souriants, et Gigi nota que sa voisine de la Croix-Rousse avait soigneusement frisotté ses cheveux et passé une robe fleurie qu'elle ne lui connaissait pas.

Gigi apprécia infiniment le regard profondément affectueux de Miguel.

Apparemment, la conversation reprenait sur le sujet qui occupait le petit groupe avant son arrivée : la circulation très difficile dans le secteur de Hauterives, suite à la couche de neige tombée sans interruption pendant la nuit. Tôt levé, Miguel était allé aux nouvelles en se rendant à la boulangerie. La route était dégagée au centre ville et à Châteauneuf, mais rejoindre Beaurepaire ou la Nationale 7 restait très hypothétique.

—Je crains que vous ne deviez nous héberger plus longtemps que prévu, chère madame Dumain...

—Quant à cela, ce n'est pas moi qui m'en plaindrai, Miguel ! J'en suis bien ravie, et je suis sûre que nos amies le sont aussi, n'est-ce pas mesdames ? Sœur Céline, je crois que vous allez passer Noël avec nous ! Rit Blanche Dumain.

—Dieu en décidera, ma bonne amie ! Mais ce serait un réel bonheur !

—On a vraiment l'impression d'être en vacances, c'est vraiment super ! Soupirait Louba. Mamie, est-ce qu'on pourra aller voir le Palais du Facteur Cheval ?

—Certainement, ma chérie. Mais avant, nous

allons décharger et mettre en place tout ce que nous avons apporté. Et ensuite, il faudra s'occuper du repas !
—Nous avions décidé de nous mettre à l'ouvrage tôt ce matin, n'est-ce pas Medhi? exposait Miguel. Mais nous étions si bien autour de cette bonne table, que nous avons un peu abandonné nos bonnes résolutions...

—Ces croissants sont délicieux ! Ils viennent de la boulangerie que j'ai vue un peu plus loin ?
—Oui, Gigi. Il y a des choses magnifiques dans cette boutique.
—D'ailleurs, les pâtisseries que M. Journet nous a offertes venaient de là, n'est-ce pas ?
—Euh... Oui, c'est cela...
Miguel posa sur Gigi un regard si enveloppant qu'elle en eut le cœur tout chaviré.

Comment le désir pour un être qu'elle avait rayé de sa vie, et tout bonnement : comment le désir qu'elle semblait ne plus pouvoir ressentir pour aucun homme, ou alors sous une forme tellement édulcorée, pouvait-il revenir comme ça, impérieux, tyrannique ?

Elle eut peur, comme chaque fois qu'elle perdait pied, qu'elle pensait ne plus maîtriser ses émotions et sa vie.

Miguel détourna les yeux, et ce fut pour Gigi comme si le soleil se cachait derrière les nuages. Elle n'avait pu réprimer un petit frisson, malgré la robe de chambre chaude, et demanda à Carinou si elle voulait bien aller chercher son châle de pashmina, dans sa chambre. Carinou se leva précipitamment, entraînant Pitou dans sa course.

—Ces deux-là s'entendent à merveille ! Riait Sœur Céline.
—Moi qui craignait que cette aventure ne perturbe tout ce petit monde, en fait, c'est tout le contraire ! Répondait Mme Dumain, ravie. Il est un peu dommage que cette neige complique tout...
—Mais il fait soleil, et les rues de Hauterives sont bien dégagées, ce ne sera pas je pense, un problème pour vous rendre tantôt chez le notaire, Blanche !

La matinée s'écoula à ranger, découvrir la maison plus en détail, élaborer l'emploi du temps de l'après-midi. Tandis que Miguel conduirait ces dames chez le notaire, les jeunes auraient quartier libre pour se renseigner sur les conditions d'accès au Palais Idéal du Facteur Cheval et découvrir le village.

Sœur Céline, quant à elle, serait ravie d'assister à la répétition de la Chorale des Collines qui se préparait pour le soir de Noël dans l'église de Hauterives, sous la houlette du chef de chorale et de M. le Curé. Elle proposa d'emmener Carinou qui battit des mains, car elle adorait la musique.

—Eh bien voilà qui est entendu, épilogua Blanche. Et Pitou gardera la maison !

Comme pour donner son assentiment, le doux animal sauta sur la table et vint frôler de ses oreilles de velours, le visage de se maîtresse. Carinou déposa précautionneusement le pashmina sur les épaules de Gigi. Elle se pencha à son oreille :

—Mamie... Le grand tableau de l'escalier...
—Eh bien, ma chérie ?
—Il parle...

Comme Gigi levait les sourcils, Carinou hocha énergétiquement la tête :

—Il parle... Je t'assure... La dame m'a appelée par mon nom...
Gigi, perplexe, contemplait sa petite fille. Le téléphone sonna, interrompant sa cogitation inquiète. C'était Jasmine. Carinou empoigna l'appareil et ce fut un long conciliabule tendre auquel Louba vint mêler sa voix.

—Il y a de la neige partout... vint souffler la jeune fille à l'oreille de sa grand-mère. Maman ne sait pas si elle va pouvoir rentrer à temps pour Noël...
Louba désigna Carinou du coin de l'œil :
—J'espère qu'il n'y aura pas de drame... murmura-t-elle. Pour une fois que maman se donne un peu de bon temps...
—Nous lui expliquerons... Ne t'en fais pas ma chérie...
Et à l'adresse de Carinou :
—Tu me repasseras le téléphone, mon bébé...
Toute rose, le serre-tête pailleté quelque peu de travers, Carinou tendit le mobile à sa grand-mère, après avoir envoyé mille baisers à son interlocutrice à distance.
—Mamie, j'ai dit à maman que Madame Deux-Mains nous a invitées à la neige, au pays du Palais Magique ! Maman n'a pas tout

compris ! Il faut tout lui dire, à cette *fenotte* ! Soupira l'enfant, retrouvant dans l'émotion, un peu du parler de la Croix-Rousse.

—Maman Gigi ! S'écriait Jasmine depuis la Suisse. Et sa voix se teintait d'inquiétude. Que se passe-t-il ?
—Mais rien, ma chérie, tout va bien, je t'assure !
—Mais... Où êtes-vous ? Qu'est-ce que c'est que cette histoire de neige ?
—Eh bien oui... Voilà, nous ne sommes plus à Lyon... Pour le moment... ajouta Gigi prudemment, avec un regard d'intelligence à la tablée.
—Mais... Je ne comprends pas ... Vous êtes toutes ensemble, avec madame deux-mains... Enfin, je veux dire...
—Mais oui, ma petite ! Et Medhi, le camarade de Louba est aussi avec nous...
—Et aussi monsieur Miguel ! Vint préciser Carinou, riant dans l'appareil et actionnant accidentellement le haut-parleur.
—Miguel... s'écria Jasmine.Tu veux dire « le » Miguel de Vaulx-en-Velin ? Ton ancien...
« *Le* » Miguel de Vaulx-en-Velin s'approcha :

—Pour vous servir, chère madame. Mes hommages !
—Bonjour Miguel ! Mais appelez-moi Jasmine ! Vous m'avez connue, haute comme trois pommes ! Mais... Je ne comprends pas tout ce qu'il se passe, mais je suis bien contente que vous soyez aux côtés de maman ! Où êtes-vous exactement ? À Hauterives, c'est bien cela ?
Après un regard de concertation, Miguel expliqua :
—Oui, Jasmine ! Madame Dumain a... obtenu d'un parent qu'il lui prête sa maison... Et nous a proposé de passer quelques jours avec elle...
—Alors, vous allez passer Noël à Hauterives ?
Blanche Dumain fit un signe d'assentiment.
—Eh bien, je crois que oui... D'autant qu'il y a énormément de neige, et que d'ici deux jours, je ne sais pas si les accès seront dégagés suffisamment. Et de votre côté, comment cela se passe-t-il ?
Un long soupir de Jasmine lui répondit :
—Le … séminaire... se déroule non loin de Bern, près de Wengen. Les autorités font tout leur possible pour dégager les accès, mais...
Carinou s'approcha :

—Mais alors, maman,... ça veut dire que tu ne seras pas là pour Noël ?
Disant cela, l'enfant, les joues en feu, cherchait à déchiffrer l'expression des visages autour d'elle.
—Nous allons faire tout notre possible, je te le promets mon amour... Tu sais que je t'aime très fort ?
—Oui, maman... Moi aussi... très très fort... répondit Carinou d'une petite voix navrée.
—Veux-tu me passer mamie, s'il te plaît ?

Madame Deux-mains s'approcha de la petite fille, et pour la détourner de sa déception :
—Viens, si tu veux accompagner Sœur Céline à la chorale cet après-midi, je vais te faire une jolie coiffure, et je te montrerai un beau bonnet de dentelle que les petites filles du temps jadis portaient à la messe de minuit !

A deux heures, il fut temps de se rendre au rendez-vous du notaire.
—Mon Dieu, comme cette voiture est pratique ! S'exclamait Blanche Dumain que Miguel installait à côté du conducteur.
—Elle est tout-terrain ! Assura Miguel avec un clin d'œil. N'est-ce pas Gigi...

Gigi lui répondit d'un sourire, mais elle restait préoccupée depuis l'échange avec sa fille. Son retour à temps pour le soir de Noël était plus qu'improbable, et même si Carinou avait semblé prendre cette perpective avec philosophie, il lui semblait que la fillette avait moins d'entrain depuis l'échange téléphonique.

Madame Dumain ressentait aussi le malaise de sa voisine :

—Ne vous en faites pas, Gigi ! Tout se passera bien, votre petite Carinou est bien mûre pour son âge, et puis Louba et vous, êtes là ! Nous la distrairons de notre mieux ! Et Sœur Céline m'a dit qu'elle prierait tout à l'heure pour que Jasmine soit de retour à temps...

—Mais c'est une si petite fille... Elle voit déjà si peu sa maman...

—Gigi... Nous avons tous travaillé pour que nos enfants ne manquent de rien ! gronda gentiment Miguel dans le rétroviseur. Nous étions des parents souvent absents, nous aussi, et en avons manqué des matches qu'il ne fallait surtout pas manquer, et des fêtes de fin d'année, et des réussites aux examens ! Et vois-tu ! Ça n'a pas empêché ces jeunes gens

de faire leur chemin, de bien comprendre que notre amour était là pour eux ! Et regarde ! Cela ne les a pas détournés de l'envie d'avoir eux-mêmes des enfants !
—Oui, tu as raison, mais... Cette enfant m'inquiète un peu... Je pense qu'elle est... en manque de … de papa... Par exemple, ce matin, elle m'a dit que le grand pastel de l'escalier... parlait...

Un petit silence. Miguel se tourna un peu vers Gigi :
—Eh bien mais... Peut-être parle-t-il réellement... Et ne me dis pas que j'ai besoin d'un papa !
Blanche eut son joli rire cristallin :
—Tout est si étrange et magique, depuis quelques jours ! Plus rien ne m'étonnerait, savez-vous ?
Gigi, silencieuse, se plongea dans l'observation du paysage, cogitant que décidément, oui, Blanche avait raison : tout était extraordinaire depuis quelques jours !

Sœur Céline et Carinou, la main dans la main, se dirigeaient vers l'église, en ayant soin d'éviter la neige salée et les traîtresses flaques

gelées qui subsistaient malgré les soins des employés de la Ville, et le soleil qui réchauffait le bout du nez. Carinou fredonnait, mais la religieuse se rendait bien compte de l'humeur morose de l'enfant.
—Voyons, ma petite-fille, se décida-t-elle, je sens bien que tu crains que ta maman ne soit pas là pour Noël, et cela te chagrine, n'est-ce pas ?

—Oui, Sœur Céline, avoua enfin la fillette. Tu comprends, ça serait la première fois que maman ne serait pas là quand le papa Noël va venir. Je ne comprends pas ! C'est vraiment important ! Maman, par moment, elle est... elle est...
—Tu... tu … tut... coupa la bonne sœur. Il ne faut pas parler en mal de ceux que l'on aime, tu sais ! Mais écoute-moi : ta maman fait de son mieux, ce qu'elle fait, c'est pour que vous ayez une belle vie, vois-tu ! Et sois bien certaine que son vœu le plus cher serait d'être auprès de sa petite fille adorée !
Carinou acquiesça un peu à contrecœur, et prise d'une inspiration soudaine, considérant la cornette coiffant la religieuse :
—Ma sœur Céline, tu as mis ton chapeau

magique pour aller dans l'église, alors je pense que si on *ferait* un vœu, comme ça, maman serait là pour Noël avec nous !
—Eh bien, mais certainement, mon enfant ! Nous allons faire ainsi ! Allons ! Pressons-nous, ! La répétition a déjà commencé ! Entends-tu ces jolies voix ?
Et cherchant absolument un argument décisif pour rasséréner la petite :

—Et puis, tu sais, si la neige faisait que ta maman ne puisse être là ce jour-là, elle le serait les jours suivants, avec plein de belles étrennes pour toi et ta grande sœur, et ensuite, tu ne te souviendrais même plus qu'elle n'était pas là pour la nuit de Noël de cette année !

Carinou se planta les mains sur les hanches et le bout de son petit nez troussé, considéra Sœur Céline :
—Ma sœur Céline, qu'est-ce que tu dirais si le petit Jésus, Il ne venait pas, pour la nuit de Noël ? Hein, tu ne serais pas bien contente ?
Sœur Céline en demeura bouche bée. Les ailes de sa cornette s'agitèrent comme si elles voulaient s'envoler, et la religieuse écarta les bras en signe d'impuissance :

—Evidemment, soupira-t-elle, tu n'as pas tort, ma petite enfant... Evidemment...

Elles entrèrent dans le sanctuaire et Carinou serra plus fort la main de sa compagne, car le lieu en imposait avec sous les lumières, tous ces personnages de terre cuite colorée, qui semblaient se pencher sur elle avec bienveillance :
« *Ces estatues, je vais bien leur parler, elles aussi elles attendent depuis très longtemps... Elles me comprendront...* »

Le prêtre assistait le Chef de Chorale du bourg, ainsi que d'autres groupes de chanteurs venus des communes environnantes. Tous répétaient des chants provençaux exprimant la liesse des bergers attendant la venue du petit enfant dans la crèche.
Sœur Céline avait conduit Carinou jusqu'à un banc. L'officiant, qui dirigeait le groupe à grands gestes de bras, se retournant et reconnaissant la religieuse, vint vers elle tout souriant.
—Ça, par exemple, Sœur Céline ! Quel bonheur de vous voir dans nos murs ! Allez-vous passer Noël avec nous ?

—Eh bien, mon Père, je pense que oui ! J'ai accompagné à Hauterives une nouvelle paroissienne dont voici la petite-fille !

Le prêtre se pencha vers la fillette :
—Voilà une enfant bien gentille ! Comment t'appelles-tu ma petite ?
—Caribou, monsieur !
—Caribou ! Mais que voilà un nom charmant ! Et qui ne manquera pas de t'apporter plein de belles choses pour Noël, n'est-ce pas ? Ajouta-t-il malicieusement.

Voilà qui était parlé !
Carinou dédia son plus beau sourire à cet homme bienveillant qui venait de proférer exactement ce qu'elle voulait entendre !

—Peut-on assister à la répétition ? Demanda Sœur Céline.
—Mais comment donc ? Et même y participer ! Il me semble me souvenir que vous aviez un joli brin de voix !
—Oh ! Eh bien, je chante quelquefois aux offices de la Congrégation.
—Allons ! Si vous avez un peu de temps, venez prendre place auprès de nos choristes !

—Je peux venir aussi monsieur de l'Eglise ?
—Mais certainement, petite fille au nom charmant !

Toutes deux rejoignirent les chœurs qui les accueillirent chaleureusement. Le prêtre fit les présentations, et Sœur Céline exposa l'installation de Mme Dumain et de Gigi, dans la maison au fond du parc, dans la grande rue.
—Ah ! Oui, je vois, dit le chef de la chorale, tiens ! Je ne savais pas que M. Lancelot Verrier eut de la famille.
—Oui, c'est vrai, nous n'y voyons que le notaire, dans cette maison ... Enfin, je veux dire « la » notaire ! Renchérit une choriste.
—C'est bien, que cette maison soit à nouveau ouverte ! Lança une autre. Cela fera encore plus de vie ! Bien qu'il n'en manque pas, à Hauterives.
—Eh bien, puisque les présentations sont faites, si nous reprenions, mes enfants ? Engagea le prêtre. Car... Il me semble que vous avez un peu de mal avec le provençal, n'est-ce pas ?
—C'est que... Nous n'avons pas eu beaucoup de temps pour répéter, mon père; s'excusait le chef de chœur de Hauterives.

—Je le sais bien, mon fils ! Moi-même, n'ai-je été prévenu par Monseigneur qu'il y a peu... Lui-même n'a su qu'en dernier lieu qu'un groupe arlésien très important se joindrait à nous pour la messe de Noël... Et de plus, Monseigneur y assistera...

Un murmure parcourut l'assistance, répercuté par les voûtes comme une vague.

—L'acoustique est bien jolie, ici... souffla Sœur Céline.

—Reprenons ! Lança le Chef de chœur.

S'élevèrent alors les accents d'un très vieux Noël provençal. L'air en était sublime, mais les paroles différemment prononcées faisaient que toutes les voix n'étaient pas à l'unisson.

—Il nous faut encore répéter … soupira le chef de chœur de Montrigaud. Au moins, il faudrait avoir la musique bien en tête, ensuite, nous y appuierions les paroles... Mais comment chanter judicieusment sans les paroles ?

C'est alors que Carinou, qui écoutait d'un air grave, leva un petit doigt timide.

—Que veux-tu ma belle ? Demanda Sœur Céline.

—Et si... Et si, au lieu des mots que vous ne

savez pas, vous faisiez comme les animaux ?
Tous la considérèrent les yeux arrondis.
—Que veux-tu dire, ma chérie ?
—Eh ben, au lieu de dire les mots, vous gardez la musique, et dessus, vous dites par exemple : cui-cui-cui, et ouah-ouah-ouah... Comme ça, tout le monde dit la même chose, et comme ça, vous apprenez bien les paroles et ensuite, il ne faudra plus qu'ajouter les vrais mots de la chanson...
Toute rouge, Carinou, un doigt dans la bouche, observait les grands d'un air inquiet.
Les choristes se dévisagèrent en souriant. Le flûtiste et le tambourinaire donnèrent le tempo, et d'une belle voix fraîche, une choriste commença :
—Cui-cui-cui-cui... Cui-cui-cui... la lère... Cuic-cui-cui...
A quoi une grave voix masculine répondit :
—Ti-la-li … ouah-ouah-ouah !
Ainsi, ce fut bientôt un déferlement de pépiements et d'aboiements du plus bel effet ! Le vieux Noël trouvait sous les voûtes sacrées son rythme éternel, et vraiment, aux sourires du prêtre et des chefs de chœur, on sentait bien qu'on le tenait, ce Noël des Portes de la Provence !

—N'es-tu pas lasse, ma petite fille ? demanda Sœur Céline. Voilà une belle idée que tu as eue là !

—Oh ! Non, ma sœur, je suis bien contente d'être là avec toi, la musique est trop belle ! Et je n'ai pas envie de faire pipi !

On continua ainsi, et au bout de deux heures, ça y était ! On possédait bien la mélodie, et il suffirait de deux ou trois répétitions pour bien apprendre les paroles et les ajuster à la musique !

—Mes enfants, c'est parfait ! S'extasiait le prêtre prenant le Ciel à témoin et se frottant les mains. Monseigneur sera bien content !

14

La main dans la main, Louba et Medhi s'engageaient dans la ruelle menant au Palais Idéal du Facteur Cheval.
Par-dessus le mur qui jouxtait le monument, ils voyaient se découper tout un pan de cet incroyable rêve de pierres, commencé en 1879 par Ferdinand Cheval.

Ce fonctionnaire, qui parcourait allègrement une tournée de 40 kilomètres par jour, trouvait encore le courage de travailler la nuit à son grand projet : un palais inspiré des merveilles du monde que le bâtisseur découvrait dans les journaux illustrés qu'il portait chaque jour à leurs destinataires.

Voilà à peu près ce que les jeunes gens en savaient par les récits de Blanche Dumain et de Gigi. Ils s'approchèrent de l'accueil du monument, se demandant si avec la neige, ils pouvaient visiter.
Un jeune homme tout de noir vêtu, voyant leur hésitation, se présenta comme étant le

directeur du site, leur demanda s'il pouvait les renseigner:
—Eh bien... Nous nous demandions si nous pouvions visiter tout de même, avec toute cette neige ?
—Certainement...
—C'est que... Nous devons revenir visiter avec notre famille, faites-vous des prix pour les groupes ? S'enquit Louba.
—Oui, et la visite est gratuite pour les enfants. Mais tenez ! Exceptionnellement, il n'y a pas beaucoup de monde à cause de la neige tombée dans la nuit, venez, vous pourrez découvrir le Palais gratuitement !

Les jeunes gens ne savaient comment remercier.
—Si j'osais... commença Medhi. Est-il possible de prendre des photos ?
—Oui, bien sûr ! Vous faites de la photographie ?
—Oui, enfin, j'ai participé à des expositions dans la banlieue lyonnaise.
—Mon compagnon et moi, nous sommes de Lyon, expliqua Louba. Mais ma grand-mère va s'établir à Hauterives, dans une maison de la grande rue... C'est la belle maison qui a des

têtes sculptées très anciennes à l'angle...
—Oui, oui... Je vois très bien, répondit le directeur. Cette belle maison appartenait, je crois, à un monsieur très érudit, originaire des Chambarans, et qui voyageait beaucoup, m'a-t-on dit !

Au terme de « compagnon », Medhi s'était rengorgé, et avait lancé à la jeune fille un regard plein de tendresse. Ils étaient bien jeunes tout deux, mais, malgré le temps des études à venir, ils n'envisageaient pas la vie l'un sans l'autre et Carinou était pour Medhi, une petite sœur.
—La mairie de Hauterives propose aux artistes d'exposer leurs œuvres dans la salle communale, chaque été. Vous devriez y penser ! Suggéra le directeur. Et pour ma part, si vous faites des clichés du palais, je serai ravi de les découvrir !

Tout en conversant, ils se trouvèrent face au Palais Idéal qu'ils apercevaient à travers la vitre de la salle d'accueil. Ils se turent, impressionnés par cette vision.
—Cela semble solide et fragile à la fois... soupira Louba. Un peu comme un château de

conte de fées ! C'est magnifique ! Ma petite sœur dit que ça ressemble à de la dentelle...
Elle dit que c'est de la dentelle faite avec l'âme du Facteur... Elle a vu notre voisine, enfin, la propriétaire de la maison de Hauterives, travailler la dentelle et en voyant une photographie du Palais, il lui a semblé que c'était un ouvrage tout pareil !
—Votre petite sœur n'a pas tort... Quelque part, le Palais a été élaboré peu à peu, au gré des trouvailles minérales du Facteur. Mais, même si l'on peut penser qu'il s'agissait d'un travail d'imagination du moment, il y avait forcément un plan, derrière tout cela. D'ailleurs, les matériaux qui forment la structure du palais, sont bien antérieurs au béton armé.
« C'est ainsi que le bâtiment a résisté au temps... Cette géniale réalisation de l'Art Brut fut sauvée par André Malraux en 1969, qui la fit classer aux Monuments historiques. Mais venez voir de plus près... suggéra le directeur.
—Nous avons vu le merveilleux film de Nils Tavernier ! Exposa Medhi. Nous avons adoré ! Et c'est vraiment top de découvrir enfin le Palais pour de vrai ! Le film de Nils Tavernier a fait beaucoup pour la notoriété

du Palais Idéal ! Il y a eu beaucoup de monde cet été !

Le directeur leur fit les honneurs de *son* Palais, leur présenta les imposants trois géants, Archimède, Vercingétorix et Jules César, et aussi, tout un bestiaire fabuleux d'animaux sympathiques et étranges.

Le jeune homme leur expliqua aussi comment les intellectuels et les artistes les plus inspirés avaient toujours loué le génie du facteur, alors que de son temps, on l'appelait souvent « le fou ».
Louba et Medhi découvrirent, bien protégées par une grille, la fidèle brouette et la truelle du facteur, seuls outils employés pour la construction de l'œuvre ! La neige déposée en couronne aux frontons de la bâtisse, coiffait géants et animaux de scintillantes chapkas.
Les jeunes gens s'engagèrent dans les galeries, escortant le directeur qui leur dit que, lorsqu'on visitait ces passages émaillés de vérités éternelles gravées dans la pierre par le bâtisseur, on était au défi de savoir « *à quelle époque, et en quelle partie du monde on se trouvait...* »

—Je dois vous laisser à présent, mais poursuivez tranquillement votre promenade, et n'hésitez pas à revenir ! Et puis, il y a régulièrement au Palais de très remarquables expositions qui se tiennent dans la maison du facteur, la Villa Alicius, ainsi nommée en mémoire de sa fille Alice qui repose au tombeau du facteur, au cimetière du village ! Un lieu extraordinaire et inspiré à découvrir absolument ! Au plaisir ! A bientôt !

Les jeunes gens remercièrent chaleureusement, ravis de cette rencontre, ne pouvant rêver meilleur guide !
Ils tombèrent d'accord sur le fait que le palais diffusait une énergie incroyable, et qu'il était difficile d'échapper à la magie.

Ils croisèrent d'autres visiteurs, tout comme eux, charmés par l'attrait du site. Ils montèrent jusqu'en haut de l'édifice, et Louba s'amusait des bêtes étranges qui le surplombaient, avec un chapeau de neige penchant sur l'œil ou rehaussant la crête d'oiseaux extraordinaires.

La vue panoramique qui s'offrait sur le village, contre un ciel d'un bleu intense, les subjugua. A cette heure, le soleil brillait fort et

Louba tendait son petit nez vers l'astre, avec l'impression d'être dans un village de montagne, mais qui aurait ouvert ses portes vers la Drôme et l'Ardèche, et vers la Provence.

Depuis leur belvédère, ils contemplèrent la villa Alicius et songèrent au Facteur, qui aux dires du directeur, avait bâti son Palais Idéal dans son jardin, à la lumière de la lune, aidé seulement par « *Dieu, le vent et les oiseaux.* » !

Ils visitèrent le musée, feuilletèrent le Livre d'Or où figuraient les signatures d'André Breton, de Jean Cocteau, de Sonia Delaunay ou Agnès Varda, ou de personnalités régionales de l'époque. Ils se promirent de revenir pour découvrir tout à leur aise les œuvres d'artistes dédiées au Facteur Cheval, et tous les trésors du musée, témoins de son époque.

—Sœur Céline et Caribou ne vont certainement pas tarder ! Que dis-tu de leur préparer un bon goûter ? Je suis bien inquiète pour Carinou... ajouta Louba. Elle espère encore, mais elle est plus perturbée que je ne le pensais par la possible absence de maman

pour Noël...
Medhi passa gentiment son bras autour des épaules de la jeune fille :
—Ne t'en fais pas ! Nous allons si bien la divertir qu'elle y pensera beaucoup moins !
Louba lui dédia un merveilleux sourire, et Medhi fit mine de tomber :
—Si tu continues à sourire de cette façon, tu vas... faire fondre la neige... et mon cœur... ajouta-t-il à voix très basse.

—Qu'as-tu dis ?
Rose de plaisir, Louba se pendait au cou du garçon.
—Rien... rien...balbutia-t-il tout confus.
Ils échangèrent un long regard complice, plein de tendresse.
—Allons vite, dit Medhi pour cacher son trouble, et ils s'élancèrent aussi rapidement qu'ils le pouvaient, enjambant les petites congères repoussées par le chasse-neige, dansant le long des ruelles, chantonnant sous le regard bienveillant des passants qu'ils croisaient.
—Comme on est bien ici... soupira Louba. Comme je suis heureuse de savoir que mamie va vivre ici ! Tu vois Medhi, les miracles

existent !

—Il n'y a qu'à te regarder pour s'en convaincre ! Sourit le jeune homme. Et dire qu'une aussi belle fille que toi a posé les yeux sur moi... C'est miraculeux !

—Parce que tu es un garçon... un homme formidable... glissa Louba à l'oreille de son compagnon.

Ils échangèrent un doux baiser, les yeux dans les yeux. Et la main dans la main, ils coururent vers la maison.

Assis dans le bureau du notaire, Blanche, Gigi et Miguel attendaient l'arrivée de l'homme de loi. Le clerc, un grand jeune homme dégingandé, au look de dandy étrangement désuet, leur avait demandé d'excuser le léger retard de Me Nicolas. Miguel voulut attendre hors du bureau, mais Blanche le pria de les accompagner.

—Si vous le voulez bien, Miguel, vous saurez mieux entendre tous les termes de ce que va nous expliquer le notaire. Pour moi, si l'on me parle de choses trop administratives, hélas, ma tête n'est plus ce qu'elle était ! Je crains d'en oublier les trois quarts !

Ils avaient pris place face à un grand bureau ancien, posé devant une baie offrant comme un très beau tableau, la campagne drômoise sous son manteau de neige.

Une porte s'ouvrit, se découpant dans une grande verdure tapissant le mur. Une femme d'un certain âge entra, se soutenant avec une canne. Très élégante, elle était juchée sur des talons assez hauts et portait un élégant tailleur de couturier.

Sa mise en plis était impeccable, et son sourire avenant. Son regard disparaissait derrière d'épais verres de myopie. Elle salua les visiteurs et Miguel se leva pour l'aider à prendre place derrière le bureau. Elle le remercia d'un gracieux sourire.

Elle se présenta : « Maître Philippine Nicolas », et les trois amis restèrent un peu médusés, tant ils avaient pensé se trouver face à un homme.

—J'avais hâte de vous rencontrer ! Proféra la notaire d'une jolie voix mélodieuse. Mon client et grand ami Lancelot Verrier serait très satisfait ! Nous... Nous avons fait en sorte de sauvegarder au mieux son patrimoine, enfin, le vôtre à présent...

—Oui, nous avons été merveilleusement

accueillis par M. Journet ! Quel homme charmant ! Il nous a fait les honneurs de la maison ! Ah ! Madame ! Je n'ai pas de mots pour vous exprimer ma reconnaissance ! Ainsi qu'à M. Verrier ! Comme je regrette de ne pas pouvoir lui dire qu'il me sauve littéralement la vie !

La notaire leva la main, mais Blanche secoua la tête :
—Si, si, je vous assure ! Je me trouvais dans un état de précarité très inquiétant, et cette maison est arrivée comme un miracle ! Quel malheur que cette personne ne soit plus avec nous ! Comment ce monsieur a-t-il pu être mis au courant de ma situation ? A-t-il appris que notre immeuble, à Mme Ganivet et à moi-même, allait être démoli ? Réellement, cela tient du miracle ! Pourriez-vous nous en dire un peu plus, Me Nicolas ? Je suis tellement curieuse de connaître la genèse de tout cela !
Appuyée contre le dossier du profond fauteuil qu'elle occupait, ce qui tenait quelque peu son visage dans l'ombre, la notaire souriait, les mains jointes comme en prière. Elle laissait se déverser le flot de questions que se posaient Blanche et ses amis.

Me Nicolas prit un temps avant de répondre.
—Vous savez... dit-elle enfin, Lancelot Verrier connaissait beaucoup de monde dans le domaine de l'Immobilier. J'imagine qu'il a dû être informé du devenir de votre immeuble à Lyon, et comme vous n'ignorez pas qu'il connaissait votre époux, M. Isidore Dumain, il a eu vite fait de comprendre que « la » Mme Dumain menacée d'être expulsée, était l'épouse du filleul de son grand ami Apollon Farine. M. Journet vous a expliqué cela, n'est-ce pas ?
—Oui ! Mais j'étais au courant de cela, par Isidore, et aussi de l'existence des personnes dont le portrait se trouve dans l'escalier intérieur de la maison...
Gigi et Miguel échangèrent un regard, à l'évocation du « tableau qui parle »...
—Ah ! Vous êtes au courant pour cela... émit la notaire, visiblement soulagée.
—Mais voilà qui est extraordinaire, voyez-vous, maître ! Car, Isidore et moi n'avions aucun secret l'un pour l'autre... Et cependant, je n'ai jamais rien su de cette amitié...
Blanche Dumain triturait nerveusement la poignée de son sac à main :
—Je ne vois qu'un lourd secret à ne pas

dévoiler, pour que mon Isidore m'eût caché cela... Mais M. Journet nous a précisé que vous nous expliqueriez...

Me Nicolas considérait la dentellière, puis elle baissa la tête, et appuyant le menton sur ses mains croisées, sembla réfléchir longuement. Puis elle considéra la porte capitonnée de cuir, parfaitement fermée et soupira:

—Je vous remettrai un document que M. Verrier a laissé pour vous. Il vous y explique certaines choses...

La dame de loi hésita et posa sur ses hôtes un regard circulaire.

—Maître, vous pouvez parler sans crainte devant mes amis ! D'ailleurs, Mme Ganivet, ici présente, habitera aussi la maison, si elle l'accepte, bien sûr.

Gigi serra entre ses doigts la main de Blanche, et elles échangèrent un affectueux regard.

—Fort bien ! Je vais vous donner quelques explications, après quoi, si vous le voulez bien, je vous présenterai l'acte de cession pour que vous le paraphiez et le signiez. Aldebert, notre clerc, va nous apporter tout cela... Prendriez-vous une tasse de thé ?

Me Nicolas se leva, et sans s'aider de sa canne, se dirigea vers la petite porte latérale.

Les trois amis l'entendirent échanger quelques paroles avec une autre femme, puis elle revint, chargée du plateau du thé. Miguel et Gigi se précipitèrent à son aide.

—Je vais faire « la jeune fille de la maison », rit Gigi.

—Fort bien, chère madame ! Mes jambes ne sont plus ce qu'elles étaient...

Gigi servit le thé, réfléchissant qu'il lui semblait avoir déjà vu cette scène-là quelque part.

Le Darjeeling était savoureux, et agrémenté de petites gourmandises délicates.

—Je dois vous dire, maître, que nous avons été accueillis comme des princes par M. Journet, qui nous avait apporté de délicieuses pâtisseries venant de chez notre voisine la boulangère.

Gigi dressa l'oreille car Miguel lui avait confié que lorsqu'il avait félicité la boulangère pour ses gâteaux, tout en achetant des croissants le matin même, elle lui avait répondu évasivement, comme si elle ne comprenait pas... Étrange...

Maître Nicolas ouvrit le dossier posé devant elle. Elle ôta un moment ses verres épais et posa sur les documents un regard d'eau claire qui fit sursauter Gigi. Elle se tourna vers Mme Blanche Dumain qui parut aussi émue que son amie. Mais la notaire remit vivement ses lunettes, et tenant le papier presque à bout de bras, l'étudia un long moment. Puis elle le reposa sur le bureau, et après un soupir :
—Lancelot Verrier m'a expressément demandé de vous dire plusieurs choses... J'espère que vous pourrez les entendre.
Nos amis tendirent l'oreille, étonnés de ce préambule.
Ayant jeté un regard appuyé à ses visiteurs, la notaire reprit :
—Je dois d'abord vous dire... C'est un peu ennuyeux, mais enfin... Vous semblez des personnes qui ne se laissent pas impressionner par... des histoires de bonnes femmes... Remarquez bien, ça n'a jamais empêché Lancelot Verrier de l'habiter et de s'en trouver bien...

Devant le mutisme et la perplexité de sa cliente et de ses amis qui la dévisageaient avec des yeux agrandis, elle reprit :

—Eh bien voilà... La maison a la réputation d'être hantée !
Devant la surprise des trois amis, Me Nicolas ne put réprimer son rire cristallin.
—Personnellement, je n'ai jamais eu affaire aux fantômes, mais si de temps à autre, vous assistez à des choses un peu étranges... Jamais malveillantes, je m'empresse de le préciser...

Ainsi, Carinou n'avait peut-être pas rêvé...
—Je me devais de vous prévenir de cette petite particularité : au moins, la légende a-t-elle le mérite d'éloigner les malveillants... Généralement, les malfrats sont très superstitieux. Eh bien, à présent, je vais vous apporter quelques éclaircissements, Blanche, euh, pardon... madame Dumain...
—Oh ! Vous pouvez m'appeler Blanche, maître !
—Avec plaisir, à la condition que vous me disiez « Philippine »... Et maintenant, vous allez savoir pourquoi Lancelot Verrier avait demandé à votre époux Isidore de ne divulguer à personne absolument, l'histoire de leur amitié et de la maison, jusqu'à ce qu'il se retire de ce bas monde...

15

Sœur Céline revint à elle, les reins et les jambes douloureux. Assise contre le mur sur de vieux sacs de jute, elle serrait contre elle Caribou qui semblait dormir. Elle caressa le front de la fillette, il était brûlant et en même temps que l'inquiétude pour l'enfant, lui revint l'horreur de la situation.
« Seigneur, nous avons été enlevées... Comment est-ce possible... Où sommes-nous ?... Quelle heure peut-il être ? »

Elle se sentait la tête lourde, la bouche pâteuse, et n'arrivait pas à aligner deux idées. La seule chose qui la préoccupait était le froid qui commençait à l'envahir entièrement. Elle chercha autour d'elle de quoi couvrir la fillette, mais l'espèce de hangar dans lequel elles se trouvaient, une sorte de grange désaffectée, n'était meublé que de vieilles caisses entassées dans un coin, avec des piles de sacs de ciment éventrés.
Un jour chiche entrait par des lucarnes placées sous le toit, et Soeur Céline réfléchit

qu'au vu de la hauteur du bâtiment, à moins d'avoir le don de grimper au mur comme les lézards, il était impossible d'y accéder. La religieuse se mit avec difficulté sur ses jambes flageolantes, ferma les yeux pour empêcher les murs de danser une valse lente.

« Apparemment, la nuit va bientôt tomber, il doit être quatre heures et demi, presque cinq heures... »

Elle ôta sa cape et la posa sur la petite qui semblait toujours dormir, ce qui l'inquiéta beaucoup. Mais le bout de chiffon qui la bâillonnait lui avait été enlevé, et elle respirait calmement.

Sœur Céline en remercia le Ciel. Et alors qu'elle cherchait des prières, les mains jointes, pour échapper à la peur panique qu'elle sentait monter en elle, tout lui revint : c'était à la sortie de la répétition des chorales, à l'Eglise Saint-Germain de Hauterives. Un homme appuyé contre un arbre de l'esplanade du sanctuaire les regardait venir, et lorsqu'elles prirent le chemin descendant vers la rue, il s'avança vers elles. Sœur Céline s'arrêta, prit la main de Caribou et regarda venir l'individu, grand et mince, et jeune.

« Cette figure-là me dit quelque chose... »

Le jeune homme fumait un mégot informe qui pendait au coin de sa bouche.
—Sœur Céline ? Je viens de la part de Mme Dumain...
—Oui ? Que se passe-t-il ?
Alertée, la religieuse fronça les sourcils.
—Rien de grave mais...
—Mais quoi ?
—Vos amis ont eu un petit accrochage et sont présentement à la brigade de gendarmerie de Roybon... Ils m'ont demandé de vous y conduire.
—Ah ! Mais... Cet accident est grave ?
—Non, je vous dis.
—Ils sont donc dans l'impossibilité de rentrer à la maison ?
Sœur Céline, sans lâcher la main de la petite, s'avançait vers l'homme, le considérant avec sévérité, cherchant à deviner la part de vrai dans ses propos sibyllins. Hésitant sur le parti à prendre, elle regretta de ne pas posséder un de ces merveilleux téléphones mobiles que l'on faisait à présent.
—Je ne comprends pas bien... dit-elle.
—Ben... je vais vous expliquer... marmonna-t-il en marchant aux côtés de Sœur Céline.
Arrivés près de l'école, le garçon leur désigna

une voiture garée sur le parking.
—Venez voir, murmura-t-il en désignant le véhicule.
Sœur Céline tendit le cou pour deviner ce que recelait la voiture aux vitres teintées, mais à ce moment, l'homme la saisit brutalement par le bras, prit la petite fille de l'autre main et les poussa dans l'habitacle, avant que la bonne dame eut riposté. Un homme cagoulé se trouvait au volant. Le temps de se débattre, de chercher la main de Carinou qui poussa quelques petits cris, et au désespoir, Sœur Céline ne parvint pas à repousser le bras qui l'étranglait et obstruait sa bouche.

La scène s'était déroulée très vite. Apparemment, aucun témoin ne s'était aperçu de l'enlèvement, car la religieuse se souvenait qu'elles étaient les premières, avec Carinou, à être sorties de l'église, le prêtre et les choristes ayant encore quelques mises au point à effectuer. Et par malheur, avec la neige, la circulation était à peu près inexistante à ce moment-là...
« *Nous voilà bien...* » gémit Sœur Céline. « *Mon Dieu quelle va être l'inquiétude de nos amis...* »

Elle songeait à ce petit être qui avait été durement bâillonné... Quelles seraient les séquelles ? Et que s'était-il passé pendant le temps de sa propre perte de conscience ?

Elle revit encore leur voyage dans la voiture, on roulait lentement, elles avaient les yeux bandés. Comme elle l'avait lu dans les romans, Sœur Céline utilisa son ouïe, puisqu'on la privait de sa vue... mais hormis le chuintement des pneus sur la route mouillée, elle ne reconnaissait rien... Ah ! Si ! Ils avaient tourné autour du rond-point devant l'église après le démarrage, et la bonne dame avait entendu à un moment, quelqu'un, sans doute un touriste, qui demandait : « *C'est encore loin le tombeau du Facteur* , » Et une autre voix avait répondu : « *Non, vous y être presque, première route à gauche !* » Donc, avait pensé la sœur, on roule en direction de Châteauneuf...

A un moment, leur kidnappeur s'adressa à elle, en lui donnant une bourrade :
—Hé ! Madame la sœur, vous avez du feu ?
—Du feu ? Certainement pas ! Et vous ne devriez pas fumer, jeune homme, vous portez

préjudice à votre santé !
—Si j'ai besoin de leçons de morale, je vous ferai signe, avait-il répondu malgracieux
Puis s'adressant à son comparse qui mutique, conduisait la voiture.
—Bon, je crois qu'il est temps que les filles fassent dodo...
Une forte odeur d'éther se répandit dans l'habitacle. Céline poussa un cri de désespoir et tenta d'empêcher l'homme de mettre son plan à exécution. Mais elle reçut une autre bourrade, plus violente celle-ci, du ravisseur.
—Vous n'avez pas besoin de cela, la bâillonner est suffisant ! Lança la sœur en désespoir de cause.
—Elle a raison, proféra le conducteur sans se retourner, d'une voix éraillée.
—Mais la …
—Ta gueule... On ne va pas se mettre sur le dos plus d'embêtements... Et fais gaffe à ce que tu dis ! Tu mets un bâillon à la gamine, point barre. Et ouvre les fenêtres, bon sang !
On va être aussi stone que la sœur !
Ensuite, sans pouvoir s'en défendre, Sœur Céline avait sombré dans un néant cotonneux, déchirée par les gémissements de la fillette dont on avait obstrué la bouche.

Carinou eut un petit cri, et Sœur Céline se précipita vers elle.
—Mon petit Amour, comment te sens-tu ?
La fillette lui passa les bras autour du cou, et se lova contre elle.
—J'ai bien eu peur, ma bonne sœur, quand je voyais que tu dormais beaucoup, beaucoup ! J'ai dit au méchant monsieur de te réveiller, que j'avais peur, mais il m'a dit que tu te réveillerais toute seule quand tu voudrais. Puis ensuite, je me suis serrée contre toi, et je crois bien que j'ai dormi à mon tour.
—La nuit tombe... Je me demande quand ces malfrats vont revenir. Il faut absolument sortir de là... Mais que nous veulent-ils, ces inconscients...
—Peut-être que ce sont des *monsieurs* qui sont avec madame *Panthère fraîche* !

Sœur Céline, qui inventoriait les ressources de la vieille grange, se retourna brusquement :
—Mais... Tu as raison, mon trésor ! Ça y est ! Je me disais que j'avais déjà vu cette face de crétin quelque part ! Bravo Carinou ! Mais oui ! Les sondeurs de murs ! Les dératiseurs ! Bon... Ma petite fille, il ne faut pas moisir ici ! Viens m'aider !

« Fais attention à tes petites mains, mais vois-tu : tous les vieux sacs que tu trouves, tu les apportes près de la porte. Tous les vieux chiffons, de la paille, des morceaux de bois... Fais bien attention à tes mains, gare aux clous rouillés !

Sœur Céline tenta d'ébranler le portail clouté qui par bonheur, était d'un bois moisi et rongé par la vieillesse et les intempéries, mais bien sec. Cependant, il était utopique de vouloir le défoncer ou le faire sauter de ses énormes gonds. La seule voie de salut était la petite porte se découpant dans le haut ventail, car le reste des murs était d'un épais pisé. Sœur Céline écouta : de fait, il semblait que les alentours étaient déserts, et leurs ravisseurs avaient sûrement décampé. La religieuse étudia encore le point faible de la porte.
—Voilà, c'est là qu'il faut opérer... Que le Seigneur me pardonne... Chère Marthe Robin qui exaucez des vœux, Notre-Dame de Lourdes qui veillez sur nous dans l'Eglise de Hauterives, Saint-Joseph ! Pitié ! Donnez-nous un coup de main ! Bon ! Pas de temps à perdre...
Puis elle alla aider Carinou à rapporter un

énorme tas de vieux sacs que la petite traînait avec peine. Les deux amies faisaient aussi vite qu'elles le pouvaient, craignant que les malfrats ne reviennent. Elles regroupèrent leurs trouvailles contre la porte et Sœur Céline tira de sa poche, un briquet, un vieux zippo de fer blanc.
—Merci Sœur Zénaïde, dit-elle les yeux levés vers le Ciel. Merci pour ce legs ! Soyez mille fois bénie ! Vous allez nous tirer de là !
—Mais, ma bonne sœur, s'offusqua Carinou, tu as dit un mensonge au vilain monsieur, quand il t'a demandé si tu fumais !
—Eh bien, mais … je ne fume pas, ma chère enfant ! Ceci est un cadeau d'une de nos chères sœurs qui a rejoint le Paradis...
—Ben... C'est quand même un peu un mensonge...
—Oui... Certes... Mais... Ma petite enfant... Sache que certains êtres ne sont pas prêts à entendre toutes les vérités ! Sur ce, écoute-moi bien ! Lorsque le feu sera bien haut, nous nous réfugierons dans le fond de la grange. Ensuite, quand je te le dirai, et lorsque la petite porte semblera sur le point de céder, tu protégeras ta tête sous la pélerine, et on courra dehors... As-tu bien compris ? N'auras-tu pas

trop peur ?
—Oh ! Non, ma bonne sœur, ce n'est pas ces méchants bandits qui vont m'empêcher de voir le Père Noël et mon gros cadeau qui vient avec lui !

Quand Louba et Medhi poussèrent la porte de la maison, ils furent étonnés de ne trouver personne. Même Pitou n'était pas là pour se frotter affectueusement contre leurs jambes !
Louba appela, mais décidément, personne n'était encore rentré !
— Et la nuit qui va tomber ! Penses-tu que Sœur Céline et Carinou sont encore à l'Eglise ! Il ne fait pas très chaud dans les sanctuaires... Cela m'étonne qu'elles restent si longtemps...
—Elles ont peut-être trouvé en route les dames et Miguel ! Et peut-être sont-ils allés boire quelque chose de chaud dans un café... Je vais ranimer le feu... proposa Medhi. Tiens ! Je vais étrenner l'escalier intérieur pour aller chercher du bois dans le cellier...
—Je vais appeler mamie, tout de même, je ne sais pas, je ne suis pas tranquille...
La sonnerie lancina dans le vide, puis Gigi répondit :

—Louba ? Tu es à la maison ? Tout va bien ?
—Ben... Justement... Tu es où, mamie ?
—Nous sommes à l'Intermarché, nous faisons quelques courses. Nous avons fait des emplettes en ville, après la visite au notaire. A propos... Tu sais que c'est une femme ? Très sympathique ! Avez-vous passé une bonne après-midi ?
—Oui, mamie ! Le directeur en personne nous a fait visiter, je t'expliquerai ! Mais...
—Un problème, ma chérie ?
—Ben... En fait, je sais pas trop... Je pensais que Carinou était avec vous...
—Mais... Elle est avec Sœur Céline !

Séparées, Gigi et Louba eurent cependant le même pincement au cœur... Il se passait quelque chose d'anormal...

—Tu veux dire qu'elles ne sont pas rentrées ? Mon Dieu...
—Non, mamie... Ecoute, je vais aller voir à l'Eglise avec Medhi !
—Nous vous rejoignons sur le parvis, nous montons en voiture...
—A tout de suite, mamie...

Gigi demeura pétrifiée quelques secondes, le téléphone à la main. Blanche lui prit le bras, alertée.
—Qu'y a-t-il, ma chère amie ?
—C'est Carinou... et Sœur Céline... Elles ne sont pas à la maison...
—Peut-être sont-elles encore à la Chorale, suggéra Miguel.
Blanche secoua la tête :
—Non, c'est impossible... Céline n'aurait jamais laissé une enfant si longtemps dans le sanctuaire, avec ce temps...
Les trois amis échangèrent un regard inquiet.
—Louba et Medhi nous rejoignent devant l'église...
—Allons vite...
La 4L remonta la route de Romans jusqu'au rond-point, monta jusqu'au parking jouxtant le lieu de culte, heureusement déneigé.

Justement, les Pères Christian et Alain en grande discussion, sortaient de l'église. Gigi se précipita, tandis que Miguel aidait Blanche à descendre de voiture :
—Ah ! Dieu soit loué ! Il y a quelqu'un !
—Mais Dieu est toujours avec nous, ma chère fille ! Sourit le Père Christian. Mais vous

semblez alarmée ?
—Ah ! Mon Père ! Ma petite-fille Carinou...
—Vous voulez dire Caribou ?
—C'est cela, mon père ! Elle est venue tout à l'heure avec Sœur Céline pour entendre la chorale...
—Mais oui, ça été un moment charmant ! Vous avez une petite-fille adorable !
—Merci, mais.., Sont-elles restées longtemps ? Mon autre petite-fille, Louba, m'a dit qu'elles ne sont pas à la maison !
Les prêtres considéraient Gigi gravement.
—C'est que... Elles sont parties vers quatre heures moins le quart...
Gigi poussa un gémissement, et Blanche lui prit la main.
—Où pourraient-elles aller...
Le groupe demeura un moment en silence.

—Ecoutez... Voici ce que nous allons faire... Nous allons passer à la Mairie et leur exposer la situation, suggéra le Père Christian. Restez en relation avec votre petite-fille, de manière à vous avertir si nos amies rentraient.
—Mon Dieu, il leur est sûrement arrivé quelque chose...
Gigi se tordait les mains, et Miguel passa son

bras autour de ses épaules.
—Le Père a raison... S'il est arrivé un... incident, la Mairie sera au courant.
—Nous vous accompagnons ! Proposa le Père Alain. Mais ne soyez pas trop inquiets ! Les choses vont forcément s'arranger...

Ils montèrent en voiture et reprirent la direction de la place de la mairie. Hauterives s'illuminaient de guirlandes bleu et argent, les vitrines scintillaient, mais Gigi n'osait pas regarder ces apprêts de la fête comme des présages d'espoir.

« Nous qui croyions trouver le bonheur à Hauterives... Est-ce que ce n'était qu'un rêve ?... »

16

Assises dans la salle d'attente de la mairie, Gigi et Blanche attendaient la venue du premier magistrat de la commune. Elles voyaient Miguel converser avec les deux prêtres à l'extérieur du bâtiment.
Les deux femmes se tenaient la main, échangeant de temps à autre un regard désolé.
Louba avait appelé, disant qu'il n'y avait rien de nouveau à la maison, sauf que Pitou avait disparu...
—On la cherche partout, mamie... ne dis rien à Mme Deux-mains...

« C'est à devenir folle... Que se passe-t-il donc... le fantôme, peut-être... mais qu'est-ce que je raconte...Quelle journée... »

Puis elle pensa à la longue histoire que leur avait contée Me Nicolas. Ainsi, M. Lancelot Verrier, le généreux donateur de la maison de Hauterives, était le fils du couple représenté sur le grand pastel de l'escalier, le couple décédé en 1912 dans le naufrage du Titanic.

Comme si elle suivait sa pensée, Mme Dumain émit un long soupir :

—Que d'émotions, ma pauvre chère... Ainsi, ce M. Lancelot Verrier... Je ne peux y croire...Et Isidore savait tout... Je suis partagée entre la reconnaissance... le chagrin... Peut-être un peu de colère... Et voilà que notre Caribou et Sœur Céline...

Elle essuya ses yeux, souffla bruyamment dans son mouchoir qui sentait la violette, échangea avec Gigi un regard désolé :

—Pourvu que...

Pour toute réponse, Gigi serra sa main :

—Mais regardez Blanche, vous pouvez dire à présent que vous êtes vraiment chez vous ! Qui aurait dit ?...

—Gigi, vous êtes chez vous ! Vous êtes comme ma fille ! Ne l'oubliez jamais !

Appuyées à l'épaule l'une de l'autre, elles laissèrent couler des larmes d'émotion, priant pour que l'on retrouve vite les disparues, et se refusant à croire que leur merveilleux bonheur tout neuf puisse se transformer en drame.

Blanche Dumain repassait en pensée le long récit de Me Nicolas. Et la dentellière n'arrivait pas tout à fait à en remonter la trame. Un peu comme un point très difficile sur son tambourin du Queyras : la joliesse de l'ouvrage terminé se laissait deviner de temps à autre et à d'autres moments, il redevenait un entrelacs compliqué de fils têtus qui n'admettaient pas la moindre petite erreur. Mais pour montrer au final son plan parfait.

Avant son long récit, Me Nicolas avait prié Miguel de vérifier si la porte du bureau était bien fermée.
—J'ai toute confiance en mes collaborateurs, avait-elle proféré, mais ... il y a des choses que je suis chargée de vous confier, qui ne doivent ABSOLUMENT pas sortir d'ici.
Et après un long regard posé sur ses visiteurs :
—Il y va de votre paix... de votre sérénité... Et en un mot... de votre sécurité... Cette mise en garde s'adresse plus précisément à Blanche, c'est pourquoi je vous demande de réfléchir...
—Mon Dieu, je ne souhaite bien évidemment pas impliquer mes chers amis dans une affaire qui les mettrait en danger ! S'écria Mme Dumain.
—Si cela reste entre vous, il n'y aura pas de suite... fâcheuse... D'autant que je pense qu'à

Hauterives, vous êtes en sécurité...

—Nous ne voulons pas nous immiscer dans la vie de Mme Dumain, dit Gigi, mais il faut qu'elle sache que nous serons toujours là pour elle, quoi qu'il advienne, n'est-ce pas Miguel ?
« Mais qu'est-ce qu'il m'arrive ? Je suis en train de lui parler comme si nous étions un vieux couple... »
Gigi rougit violemment, n'osant lever les yeux vers son ami, mais il prit sa main et la serra chaleureusement :
—Bien certainement, ma chère amie !
—Fort bien... Mais d'abord, veuillez prendre possession des titres de propriétés, Blanche.

Dans un silence recueilli, dans la gratitude pour cette bonne fortune qui lui échoyait, pour ce M. Lancelot Verrier qui prenait soin de sa vieillesse, Blanche Dumain signa et parapha.
—Je souhaiterais faire que la maison revienne à Mme Ganivet ici présente, si je venais à disparaître. Pouvez-vous établir cet acte, maître ?
Gigi eut un geste pour protester.
—Tu... tut... Ma chère amie, émit Blanche fermement, vous êtes ma famille, je souhaite

que ce bien vous revienne ! Et j'aimerais aussi que cela se fît tout de suite, maître ! Enfin, je veux dire : « Philippine »
!
Les deux femmes échangèrent un cordial sourire, et après qu'elle eut demandé par le téléphone au clerc de faire le nécessaire, la notaire croisa ses mains sur le buvard, se recueillit un instant, et commença :
— Voici l'histoire ! Je vous préviens, elle aurait quelque chose de rocambolesque, si elle n'était si tragique, et n'avait détruit la vie de personnes qui ne demandaient qu'à vivre dans la paix et l'amour... Je vous remettrai des documents qui assoiront mes paroles, mais vous ne devrez sous aucun prétexte les communiquer, il faudra, ou bien les enfouir dans quelque coffre inviolable, ou bien les détruire après en avoir pris connaissance...

« Je vous parlerai d'abord du portrait au pastel qui est dans le grand escalier de votre maison : le couple représenté est celui de Albérique et Philip Wilhem, qui ne sont pas des personnages de fiction mais qui ont bel et bien existé !
—Cela, nous le savons ! S'exclama Blanche.

M. Journet nous a raconté leur histoire, mais je la connaissais par mon mari Isidore ! Ces pauvres belles personnes ont trouvé la mort lors du naufrage du Titanic ! Quel malheur !

Me Nicolas s'éclaircit discrètement la gorge :
—Eh bien en fait... Par bonheur, ils n'ont pas péri dans ce grand malheur...
Les trois amis eurent une exclamation de surprise.
—Oui... ceci est la version officielle... Mais en fait, au dernier moment, Le jeune couple s'est embarqué sur un autre bateau.
—Et leur enfant ?... Lancèrent Gigi et Blanche à l'unisson.
—Leur enfant avait été confié à un de leurs amis qui vivait dans les Chambarans auprès de deux dames propriétaires du château de Bressieux. L'enfant fut confié aux sœurs de la Trappe, qui étaient censées avoir déserté leur couvent après en avoir été chassées en 1904, mais qui vivaient dans une petite communauté de la région. Car il était vital de le cacher...
—Mais pourquoi donc ?
—C'est une longue histoire : en 1904, Philip Wilhem, détective privé, avait été amené à enquêter au château de Bressieux et fut

confronté à une sorte de savant fou qui se prenait pour le Baron des Adrets, et qui bénéficiait d'appuis puissants. Wilhem se trouva pris entre cet individu et … l'armée. Ce qu'il avait pris pour une enquête habituelle dans le monde civil, avait en fait des ramifications dans la sphère de l'espionnage et des Services Secrets. En bref, Wilhem en savait trop...

« Mais remontons dans le temps... En 1562, lors de la prise de Montbrison, des Adrets et ses sbires mirent à sac les églises et leurs biens. Ils détruisirent ou bien dérobèrent des objets sacrés, des ornements de grande valeur, dont la fameuse rose d'or donnée par Jeanne de Bourbon à l'Eglise Notre-Dame de Montbrison. [1]
Or, lors de son enquête, Phlip Wilhem avait retrouvé cette rose, cachée quelque part dans les Chambarans. Les documents que je vais vous remettre vous en diront plus. »
« Lors d'un combat dont Bressieux garde le souvenir, le baron des Abrets tenta de récupérer la rose. Mais Wilhem l'avait entre-temps rendue à l'armée, contre la libération

---

[1] Historique – Les loups garous des Chambarans

d'un jeune homme qui sans cela aurait été traduit au peloton d'exécution ! Seulement voilà ! A partir de ce moment, la rose disparaît ! Et lors, le jeune couple Wilhem ne connaît aucun répit.

« Ils s'installèrent à Paris pour mettre du champ entre leurs poursuivants et eux, avant de convenir que leur salut viendrait de l'expatriation en Amérique. Au dernier moment, renseigné par des amis fidèles, ils surent qu'ils seraient arrêtés à leur embarquement, ou à leur arrivée à New York.

« Profitant d'une opportunité de dernière minute, ils prirent place sur un cargo en partance pour l'Amérique du sud. Mais lors d'une tempête au large des Açores, le cargo ne répondit plus aux appels du télégraphe, et sembla disparaître de la surface de la mer !
—Ah ! Mon Dieu ! Ils ont donc péri !
—Eh bien non ! Quelques temps plus tard le détective Apollon Farine était contacté par un vagabond, qui n'était autre que Philip Wilhem déguisé, et qui lui raconta comment ils s'étaient échoué sur une île au large de la Guadeloupe. Ils avaient été sauvés par des pêcheurs et au matin, le bateau avait disparu.

Il paraît que ce bateau fantôme dérive depuis plus de cent ans sur toutes les mers du monde ! On l'aperçoit ici et là mais aucun navire, aucune puissance n'a réussi à l'arraisonner. Ce navire fantôme excite les convoitises des services secrets du monde entier, car il se dit que les Wilhem s'étaient trouvés sur ce bateau, et que la rose d'or serait cachée sur ce rafiot !

—Mais cette rose d'or est donc si précieuse ? Demandait Miguel.
Me Nicolas acquiesça :
—Pour ce qu'on en sait, elle est en métal précieux et très ancienne, ornée de diamants, mais elle aurait aussi des vertus exceptionnelles. On la dit miraculeuse, capable de donner la jeunesse éternelle.
—Oui, toujours la même quête du genre humain…
Les amis écoutaient l'histoire comme s'il s'agissait d'un roman, oubliant qu'ils y étaient impliqués.
—Et comment le portrait de ces jeunes gens est-il arrivé jusqu'à nous ? Interrogea Blanche.
 —A un moment, Albérique et Philip se sont sentis si traqués, qu'ils n'ont eu de choix que

de changer d'identité, abandonner leurs métiers respectifs et protéger leur enfant.
« Albérique et Philip Wilhem devinrent Marie et Julien Verrier, artisans d'art installés en Suisse et leur fils devint le petit Lancelot Verrier, que je ne vous présente plus.

« Ceux qui recherchaient le couple et l'enfant finirent par les localiser en Suisse, mais entre temps, malgré le déchirement, l'enfant fut confié aux religieuses dont je vous ai parlé, et grandit non loin de son parrain Apollon Farine, et c'est ainsi qu'il fit la connaissance de votre futur époux Isidore, également filleul du détective, et de quinze ans son cadet. Il considérait Isidore comme un petit frère qu'il n'aurait jamais...
—Eh bien ça alors... s'exclamait Blanche. Isidore ne m'en a jamais soufflé un mot ! Et c'est donc par affection fraternelle pour mon mari, que M. Verrier m'a légué sa maison...

—Certes... Il avait aussi beaucoup d'amitié pour vous, sans vous connaître...
—Sans doute, mais j'aurais aimé le rencontrer plus tôt... j'en veux un peu à mon époux et à

ce monsieur de ne pas m'avoir mise dans le secret !

—Comprenez bien que c'était uniquement dans le but de vous préserver. Ne soyez pas trop sévère, car il faut que je vous dise autre chose...

Puis, après un long regard sur les personnes présentes :

—Blanche... M. Lancelot Verrier était... votre père...

17

Delphine, la jeune secrétaire de mairie, avait immédiatement prévenu le maire qui ne devrait pas tarder, tout occupé qu'il était cependant par les problèmes générés par les intempéries.
—M. le Maire a appelé la brigade de gendarmerie du Grand-Serre, qui fort heureusement, patrouille justement dans le bourg de Hauterives, annonça Delphine. On ne leur a signalé aucun accident, ni quoi que ce soit de fâcheux...
Les deux amies la dévisagèrent avec reconnaissance.
Elles reprenaient espoir, lorsque la sirène d'une voiture de pompiers retentit.

Gigi sauta sur ses pieds et courut à la porte, ignorant les appels de Blanche. Elle repoussa le battant et se précipita vers Miguel et les prêtres.
— Avez-vous entendu ! C'est les pompiers ! Les pompiers ! Il est arrivé quelque chose ! Quelque chose de grave !

Sans pouvoir s'en empêcher, elle se mit à claquer des dents, les yeux écarquillés, le souffle court. Elle agrippa le blouson de Miguel :
—Miguel ! Miguel ! Je t'en prie, fais quelque chose.
Elle haletait, et Blanche qui l'avait rejointe, tentait de la rassurer :
—Voyons... La jeune Delphine me dit que s'il s'agissait d'un cas grave, la mairie en serait prévenue.

Gigi se tourna vers elle, semblant ne pas comprendre ce qu'on lui disait. Elle se cramponnait à Miguel, et répétait obsessivement :
—J'ai peur ! Fais quelque chose ! Je t'en prie !
Il prit Gigi dans ses bras, murmura doucement à son oreille :
—Voyons, ne t'en fais pas ! Je suis là ! Tout va s'arranger, ma chérie.
Mais brusquement, elle s'arracha à son étreinte :
—Tu dis que tu es là ! Mais tu n'as jamais été là ! Où étais-tu, quand j'avais besoin de toi ,
—Mais Gigi...
—Ah ! Lâche-moi !

Et elle s'élança vers la place de la mairie, poursuivie par Miguel. Il la rattrapa, l'obligea à l'écouter. Désolée, Blanche les regardait discourir assez sèchement.

Le prêtre posa une main apaisante sur son bras :

—Ne vous inquiétez pas, ma chère fille. Ses nerfs lâchent, mais tout va s'arranger, vous verrez. Comme vous l'a dit Delphine, s'il s'était passé quelques chose de grave, nous le saurions à présent. Allons, rentrons au chaud, et laissons ces enfants s'expliquer... Apparemment, ils ont beaucoup à se dire... ajouta-t-il malicieusement.

Delphine leur expliqua que les pompiers étaient partis éteindre un feu dans une vieille grange désaffectée, non loin de Châteauneuf-de-Galaure.

—Ecoute Gigi, je comprends que tu sois affectée, je le suis aussi. Mais je ne veux pas être un remords pour toi. Si tu veux que je parte, je prendrai le train, Medhi m'emmènera, et tu garderas *ta* 4L. Il y a quarante ans que je veux te l'offrir...

Gigi prit son visage dans ses mains et laissa couler ses larmes.

—Je te demande pardon, Miguel. Je suis injuste... mais... Il est vrai que je t'en ai beaucoup voulu...
—Et de quoi, mon Dieu ? C'est toi qui m'as quitté, n'est-ce pas ?
—Mais tu n'étais jamais là ! J'avais besoin qu'on me protège, qu'on m'aime...
—Gigi... Mon père était décédé, ma mère avait une toute petite retraite et ma petite sœur terminait ses études... j'étais jeune, j'ai craint de ne pas pouvoir apporter à ma compagne ce qu'une femme peut attendre de celui qu'elle aime. Et puis...
Gigi leva vers lui son visage dévasté :
—Et puis ?...
—Il y avait Landry ... et sa Porsche...
—Mais justement, je t'en ai voulu parce que... parce que tu n'as pas fait un geste pour rivaliser avec Landry ! Tu l'a laissé me prendre, m'emmener, me séduire !
—Bah ! Tu n'étais pas si malheureuse...
—Qu'est-ce que tu en sais ? Tu étais dans notre chambre, peut-être !

Elle avait presque crié, et Miguel referma ses bras autour d'elle pour la calmer.
—Je t'en prie, Gigi...

Elle le regardait comme si elle voulait s'abreuver à son beau regard d'homme. Gigi sentait brûler son visage, brûler ses yeux, sa peau tirait sur ses pommettes un peu kalmoukes. Miguel se penchait vers elle et elle crut défaillir sous ces yeux brillants d'émotion, pleins d'amour,
—Ne me regarde pas, je t'en prie, je suis affreuse... Et j'ai tellement peur... ma Carinou... Qu'est-ce que je vais dire à sa mère ?... Oh ! Je voudrais mourir...
Miguel entoura la taille de sa compagne. Il approcha lentement son visage des souples lèvres de femme, brûlantes encore des larmes versées, qui répondirent doucement à son baiser.

Rassurée, Blanche soupira, en voyant ses deux amis enlacés auprès de la fontaine de la jolie place, qui se donnait des airs de Provence.

Le maire était arrivé, annonçant qu'on avait trouvé vers Treigneux, une femme en habit de religieuse et une petite fille marchant en direction de Hauterives.
Blanche remercia chaleureusement l'édile,

appela Gigi et Miguel.
—Venez vite ! On a retrouvé Caribou et Céline !
Ils accoururent de toutes leurs jambes, et Gigi se retint pour ne pas sauter au cou du maire !

Un automobiliste allait sans tarder ramener la petite fille et la religieuse à la mairie. Il avait cru d'abord à une farce en voyant le duo faire du stop, le visage tout barbouillé de suie... les pompiers seraient là sous peu pour les prendre en charge et le docteur avait été prévenu. D'après le propriétaire de la voiture, elles semblaient aller bien quoiqu'un peu étourdies de fatigue.

Peu de temps après, Sœur Céline et la fillette descendaient d'une voiture devant le bâtiment municipal.
La fillette sauta dans les bras de sa grand-mère éperdue de joie, et qui riait et pleurait en même temps. On fit entrer les rescapées pour les abreuver de boissons chaude et écouter leur récit. Miguel se hâta de prévenir Louba et Miguel.
—Comme je me sens coupable ! Soupira la religieuse. J'aurais bien dû reconnaître aussitôt

notre ravisseur : un des hommes venus sonder les murs de l'appartement de Mme Dumain à Lyon! C'est notre Carinou qui m'a mis la puce à l'oreille ! Et moi qui me prends pour une grande détective ! J'ai mis la vie de cette enfant en danger !

—Allons, disait le maire. Ne vous sentez pas coupable ! Vous avez été très courageuse et vous avez su déjouer leurs plans ! Les lascars vont d'ailleurs nous en dire un peu plus ! Ayant vu de loin le feu s'échapper de la grange, ils sont revenus sur les lieux de leur forfait. De navrants petits malfrats ! Les gendarmes les ont appréhendés et vont mettre au clair leur confession !
—Peut-être se sont-ils soucié de nous... Après tout, leur âme n'est pas si noire, puisqu'ils sont revenus à la grange... émit Sœur Céline.
—Il faudra bien qu'ils nous disent s'ils sont commandités ! Reprit le maire.
—Et si ça se trouve, ils sont acoquinés à cette femme, Mme *Ponterfresch* ! Intervint Miguel. Ils nous auront suivis jusqu'ici... Vous aviez raison, ma sœur !
—Je me demande bien ce qu'ils peuvent vouloir !supputait Sœur Céline.

Gigi et Blanche, dont Carinou entourait le cou de ses petits bras de toutes ses forces, échangèrent un regard.

—Je crois le savoir, murmura Blanche, se souvenant de la promesse faite à Me Nicolas.

A ce moment, Louba et Medhi avertis par Miguel, grimpaient quatre à quatre les marches menant à la mairie.

Carinou voulut les couvrir de baisers, et Louba, la petite suspendue à son cou, se jeta vers Gigi pour la serrer dans ses bras.

—Ma petite mamie, comme tu as dû avoir peur, mais tout est fini maintenant. Puis posant la petite dans les bras de Medhi, elle l'attira à l'écart :

—Mamie, je ne veux pas t'inquiéter, mais... Nous sommes sortis un moment pour rentrer du bois ... Lorsque nous sommes revenus, nous avons vu deux individus sortir de la maison et s'enfuir dans la rue... Je jurerais que l'un des deux étaient une femme...

« Nous allions rentrer quand Miguel a appelé ! Nous sommes venus directement...Et je me demande si ces deux-là ne sont pas déjà venus dans l'après-midi, car la porte du cellier

donnant sur l'extérieur était ouverte quand nous somme revenus du Palais Idéal ! Et d'ailleurs, Pitou est introuvable ! Elle a peut-être eu peur !
—Bon... Je crois bien que l'histoire nous poursuit...

—Que veux-tu dire ?
—Hum... Ce serait un long récit... A présent que tout est bien qui finit bien, il va falloir préparer ce que nous allons dire à ta mère...
—Si maman est toujours coincée dans la Jungfrau, on a le temps de peaufiner notre compte rendu...

Le médecin, une femme charmante, examina les deux rescapées, qui Dieu merci, n'allaient pas trop mal. La doctoresse les fit parler, se raconter, et estima que le traumatisme n'aurait pas de conséquences dramatiques. Mais elle engagea Gigi à faire suivre la fillette par un thérapeute, pendant quelques temps encore, afin d'évacuer la peur légitime de cette triste mésaventure.
Le maire les informa de ce que les gendarmes les entendraient le lendemain. Une patrouille tournerait dans le bourg pendant la nuit et aux

abords de la maison. Mais il était peu probable que les malfrats réitèrent leur coup, puisqu'ils avaient été aperçus, tout comme il était incertain de relever des empreintes exploitables de leur passage : les professionnels du vol savaient hélas comment opérer sans laisser de traces...

Gigi, Blanche, Miguel et les enfants n'avaient pas de mots assez forts pour exprimer aux prêtres, au maire et son adjointe, au médecin et aux pompiers, leur gratitude.
Un employé municipal les accompagna jusqu'à leur porte, pour s'aviser que tout était calme.

Comme l'avaient subodoré les gendarmes et le maire, rien n'avait apparemment été touché dans la maison, mais il était plus que probable que les individus, sans doute des complices des ravisseurs, cherchaient quelque chose de précis.
—Et ils le cherchent depuis Lyon... chuchota Blanche à l'adresse de Gigi.
—La rose d'or serait-elle en votre possession, ma chère Blanche ?
—J'espère bien que non ! Et puis d'ailleurs,

comment serait-ce possible ?
—Peut-être dans les meubles que vous m'avez donnés... Ne disiez-vous pas qu'ils appartenaient au couple sur le pastel... Enfin... à vos grands-parents...
Les deux femmes s'entre-regardèrent, perplexes.

—Où est Pitou ? Demandait Carinou dans les bras de Medhi ! J'espère que les vilains *monsieurs* ne sont pas venus lui faire du mal !
—Bien sûr que non, ma chérie. Mais il faut aller dormir à présent !
—Non ! Pas tant que Pitou ne viendra pas avec moi ! Elle veut du lait chaud et moi aussi ! Ecoute, mamie, je l'entends ! Je l'entends ! Elle est en haut ! Pitou ! Pitou !

Miguel et Medhi montèrent à l'étage et ouvrirent les portes des chambres. Ils prirent le petit escalier montant au grenier, mais le doux animal ne s'y trouvait pas. Pourtant, les deux hommes l'entendaient bel et bien.
—Peut-être est-elle prisonnière d'un double plafond... Et la lumière est bien chiche, on n'y voit rien.
Medhi appela et Pitou lui répondit, mais il

n'arrivait pas à localiser d'où venait le miaulement.
—C'est étrange, réfléchissait Miguel, on dirait que cela vient du couloir des chambres, mais comme si le son se répercutait dans le grenier....Pitou ! Pitou !
—Mais oui, dit Medhi tendant l'oreille. Je jurerais que cela vient d'en-bas !

Il se pencha et glissant sur le bord d'une marche usée, dévala les marches en déséquilibre, essayant de s'accrocher à la rampe de bois. Mais emporté dans sa chute, il alla buter contre le mur faisant face à la porte du grenier, au grand effroi de Miguel qui ne put le retenir.
Il heurta la paroi de ses deux bras tendus et alors, il se produisit que le mur céda, tourna sur lui-même, et dévoila aux spectateurs une petite pièce.

Revenus de leur frayeur et de leur surprise, les deux hommes découvrirent à gauche de l'entrée un commutateur.
La lumière montra une pièce exiguë, meublée d'un bureau et d'un cartonnier, avec au mur, toutes sortes de cartes et de documents.

Interloqués, ils virent Pitou qui, sur le bureau, les considérait de ses beaux yeux d'or. Puis d'un bon souple, elle sauta au sol et fila vers le couloir.

18

Les gendarmes avaient accepté une tasse de café, et écoutaient attentivement le récit de Sœur Céline. Juchée sur les genoux de Gigi, Carinou semblait subjuguée par la tenue des militaires, vraiment très imposante.
« *Quand je serai grande, je serai peut-être policière, comme la dame qui a une belle queue de cheval et qui est vraiment très jolie, mais qui a un pistolet comme les « coboïlles » en Amérique....* » songeait la petite fille.

Tous, depuis la veille, couvaient l'enfant d'un regard inquiet, de peur que la petite ne fût traumatisée par l'aventure. Sœur Céline se mortifiait, malgré que ses amis mettaient tout en œuvre pour la persuader qu'elle n'était pour rien dans tout cela !
N'y tenant plus, Blanche, s'étant concertée avec Miguel et Gigi, mit la bonne sœur dans la confidence : inutile de culpabiliser ! Si on avait cherché à l'enlever avec Carinou, ce n'était pas un hasard ! On souhaitait les « échanger » contre quelque chose !

Et Blanche lui rapporta le récit de Me Nicolas, et la légende de la rose d'or de Jeanne de Bourbon. Les larmes aux yeux, elle lui confia également que Lancelot Verrier était son père, mais que, pour la préserver, il avait dû se séparer d'elle, et combien il en avait été déchiré.

—Me Nicolas m'a expliqué que, pour préserver mon père, tout le peuple des Chambarans s'est ligué derrière les Dames de Bressieux et le détective Apollon Farine pour le sauver des griffes de cet homme horrible qui se prenait pour le baron des Adrets ! Et aussi des services secrets ! En fait, Verrier n'est pas son vrai nom mais les Chambarantins l'on choisi en référence aux verriers qui œuvraient dans la grande forêt et qui fascinaient mon père...
—Ah ! Quelle joie ! Quelle joie, ma chère amie ! Et votre mère, en savez-vous quelque chose ?
—Hélas, la pauvrette, une jeune femme de Dionay, ne se releva pas bien de ses couches, et mourut peu après. Mon père n'eut que la ressource de me confier à son parrain Apollon Farine. Lorsque je naquis, Isidore, mon futur

mari, vivait avec ses parents non loin de Grand-Serre. Nous nous voyions souvent. Mais il sut si bien garder le secret que, lorsque nous décidâmes de nous marier, il ne me confia que ce qui était nécessaire... je dois vous dire que j'ai été si heureuse avec lui ! Il me comblait de cadeaux dans la mesure de ses moyens ! Et tenez, l'un des premiers fut mon tambourin de dentellière que son parrain Farine lui donna pour moi, une merveille sculptée venue du Queyras !

—Ah ! Quelle histoire ! Ne dirait-on pas un roman … S'il n'y avait cette menace qui plane sur tout cela...
—Pour ma part, je pense que c'est tout de même de l'histoire ancienne... Et puis, Me Nicolas nous affirme que, à Hauterives, nous ne risquons rien... Cependant, votre enlèvement nous prouverait le contraire...

—Il s'agirait de savoir ce que manigance cette dame *Ponterfresch*, maintenant que ses complices sont entre les mains des gendarmes... réfléchit la religieuse.
—Vous avez raison, ma sœur !
—Mon Dieu... Et cette pauvre petite...

—Vous savez, les enfants ont des ressources ! Et Carinou n'est pas peu fière d'avoir connu cette mésaventure avec vous, dont vous vous êtes magistralement sauvées ! Grâce à votre sang-froid, ma sœur !
—Et celui de Carinou ! Et grâce au zippo de Soeur Zénaïde ! Mais qui sait ce qu'il eût pu advenir... Heureusement, le Créateur veillait...

Mise au courant de l'intrusion dont la maison avait fait l'objet la veille, Sœur Céline hocha gravement la tête et mezzo voce :
—Se peut-il que la rose d'or se trouve ici ?
Les deux femmes échangèrent un regard, partageant la même perplexité, et la même inquiétude.
—Et alors, qu'allons-nous dire aux forces de l'ordre?...

Le gendarme tapait la déposition de Sœur Céline sur son ordinateur. Sa consœur interrogeait doucement Carinou qui se prêtait de bonne grâce aux questions.
—Seulement, dit-elle enfin, je suis bien malheureuse...
—Dis-moi, ma belle...
—Eh bien, madame la police, j'ai perdu mon

beau serre-tête avec des cornes de caribous... C'est grave, vous savez... Parce que le Père Noël ne verra pas le signal, et il ne viendra pas !
—Mais bien sûr que si, sourit la jeune femme, le Père Noël viendra, et il t'apportera un serre-tête encore plus beau, tu verras !
La fillette la considéra dubitativement, et se tournant vers Gigi :
—Est-ce que maman a appelé ?
—Eh bien... pas encore ma chérie... Mais tu sais, il y a beaucoup de neige où elle se trouve, et peut-être que son téléphone ne marche pas... Mais elle pense beaucoup à toi, tu sais...
—Oui, mais moi, je veux lui dire ce qui s'est passé, et je ne peux pas ! Bon puisque c'est ça, je vais jouer avec Pitou !

De fait, depuis la veille, Jasmine était injoignable, on en avait déduit qu'il devait y avoir des coupures de lignes dues aux intempéries. Et même si elle s'en voulait, Gigi se disait que cela retardait d'autant les pénibles explications.
Epuisée par les émotions de la veille, - et que

penser de la découverte de ce réduit découvert par Medhi, et qui devait servir de repère au fameux « fantôme »!-, Gigi n'avait pu trouver le sommeil. Malgré la douche bienfaisante, elle tournait dans se tête mille pensées graves ou tellement superficielles ! Rougissante, elle arrêta de fouler au pied le tapis de sa chambre, et caressa sur ses lèvres, le souvenir du chaud baiser donné par Miguel.

Pour se donner du mouvement et échapper au trouble qui montait en elle, elle descendit au salon où brûlait encore le feu allumé par Medhi.
Elle s'avoua être déçue de ne pas trouver Miguel, avec son chandail irlandais, son jean et les pieds nus.
Elle reprit sa place favorite au pied du grand fauteuil, assise sur le tapis et considéra un moment les flammes, prise de vertige devant la succession des événements et le manque total de maîtrise qu'elle avait sur eux.
Elle était mécontente d'elle-même, avec cette sensation d'inachevé qui ne la quittait pas depuis son explication avec Miguel. Un peu ankylosée, elle se leva, rajusta sa robe de chambre, tapota sa coiffure :

—Il faut en finir !
Et elle monta si vite l'escalier qu'elle perdit ses mules, et en jurant, dut les chercher pendant quelques minutes dans la pénombre.

Après cet exercice, elle reprit son souffle assise sur une marche, leva la tête vers le grand pastel. Il lui sembla que le couple qui avait traversé des tempêtes, - c'était le cas de le dire -, la considérait avec bienveillance, lui offrait son approbation.
Elle reprit sa montée et se dirigea sans hésiter vers la porte de Miguel. Elle allait frapper, et se ravisa.
« Zut ! Medhi dort aussi dans cette chambre... »

Mais la porte s'ouvrit doucement et Miguel, un doigt sur la bouche, lui intima de ne pas faire de bruit. Puis il lui prit délicatement, mais fermement la main et l'entraîna jusqu'au bout du couloir. Il la prit dans ses bras et chuchota :
—Puisque tes petites-filles partagent ta couche et que donc, je ne peux pas « *dormir sur le matelas de mamie* », nous allons nous approprier le domaine du fantôme... Ce sera

beaucoup moins confortable, mais nous pourrons nous dire... des choses essentielles... Et cela vaudra bien la banquette d'une 4L, n'est-ce pas … Qu'en dis-tu mon Amour ?
Gigi allait protester, et des larmes d'émotion lui obstruèrent la gorge. Ainsi, il n'avait pas oublié leurs rendez-vous d'autrefois...
« *Par contre cette histoire de matelas de mamie m'échappe...* »

Elle considéra son compagnon avec perplexité, mais se laissa entraîner. Miguel chercha dans le mur certaine petite encoche, et le mur pivota sans bruit. Il poussa doucement Gigi à l'intérieur du petit bureau et le panneau se rabattit sur eux.
—N'aie crainte... murmura-t-il. Si nous ne pouvions ressortir par où nous sommes venus, nous pourrons toujours passer par le cellier... Je te montrerai... c'est par là que vient le fantôme...
—Je te fais confiance mon chéri... murmura Gigi en scellant de ses lèvres la bouche de son compagnon.

19

—Ainsi, comme je vous l'ai exposé, dit le gendarme, vos ravisseurs ont été appréhendés. Ce sont deux malfrats de la région lyonnaise, spécialisés dans le vol à l'arraché, et des forfaits de rue. Mais là, ils sont passés à la vitesse supérieure : voies de fait, enlèvements...
—Comme c'est regrettable... soupirait Sœur Céline. Ces jeunes gens sont perdus pour la société ! Si je m'étais montrée plus perspicace, j'aurais rebroussé chemin vers la maison du Seigneur, plutôt que de suivre inconsidérément ce jeune homme...

—Vous savez, madame, Il faudra bien qu'ils prennent conscience de la gravité de leurs actes. On ne peut attenter à la liberté des personnes... Ni d'ailleurs aux biens... Avez-vous constaté quelque chose d'anormal pendant la nuit ?
—Non... dit Gigi. La nuit a été...
Elle allait dire la nuit a été calme, mais elle rougit violemment, s'interrompit, sans oser

regarder Miguel. Ce fut Blanche qui termina sa phrase :
—Non, personne n'a tenté de nouvelle intrusion. Sans doute vos patrouilles de la nuit les ont-ils dissuadés de recommencer!

—Nous pensons qu'il s'agit de la même bande, exposa la gendarme blonde qui faisait l'admiration de Carinou. Vos ravisseurs ont compris qu'ils n'avaient pas d'intérêt à couvrir leurs complices, et ont avoué qu'ils travaillaient pour un couple, dont la femme est courtière en immobilier à Lyon.
—Mme *Ponterfresch* ! Lança Blanche.
—C'est cela... confirma le gendarme, tout en consultant son ordinateur.

On expliqua alors la conduite inqualifiable de cette femme, qui apparemment était coutumière du dépouillement de personnes fragiles.
—Alors, vous pourrez facilement l'appréhender !
—Nous avons installé des barrages un peu partout et les deux individus ont donné le signalement de cette femme et de son complice sans trop se faire prier. Mais le

problème est que *Ponterfresch* n'est pas son vrai nom. Elle se fait aussi appeler *Rolog*... Nous sommes en train de remonter sa piste : elle s'intéresse énormément à l'art, et a des commanditaires un peu partout dans le monde. Malheureusement, la fine mouche ne se laisse pas facilement attraper ! Toujours à la limite de la légalité... Mais il semble qu'elle ait amassé une fortune fabuleuse, et possède des sympathies un peu partout, notamment dans les Chambarans.

Le gendarme chercha sur sa machine, et ayant trouvé ce qu'il cherchait :
—La dame a de qui tenir : au début des années 1900, un de ces aïeux effraya tous les Chambarans par ses recherches scientifiques plus ou moins néfastes. On le dit à l'origine des recherches sur le gaz ypérite, qui fit tant de ravages pendant la grande guerre... Cet homme dont le nom était Rolog, se faisait passer pour la réincarnation du baron des Adrets qui écuma la région, comme vous le savez...

La gendarme jeta un regard circulaire aux hôtes de la maison :

—Détenez-vous des valeurs ? Des œuvres d'art ? Nous ne saurions trop vous conseiller de les préserver et de rester discrets sur vos possessions... car cette Aline Ponterfresch ne se déplace généralement pas pour rien...

C'eût été un soulagement, que d'évoquer la rose d'or... Mais Blanche avait promis... Me Nicolas s'était montrée catégorique ! Il ne fallait absolument pas divulguer l'histoire de la famille Verrier, même si les forces de l'ordre étaient au-dessus de tout soupçon...

Un lourd silence suivit les paroles de la gendarme.
—Bon... En cas de problème, composez ce numéro... Nous serons toujours là. S'il vous venait quelque chose, n'hésitez pas ! Et de toute façon, nous ferons des rondes de nuit, et aussi dans la journée. Autre chose : vous serez convoqués pour témoigner par le juge lorsque le procès commencera. En attendant, prenez soin de vous et faites au mieux pour ne pas trop penser à cette histoire !
—Merci infiniment de vous être déplacés ! Merci pour tout ! S'exclamait Blanche. Vous êtes de véritables anges gardiens terrestres !

—N'exagérions rien ! Répondirent avec bonne humeur les militaires, avant de prendre congé.
Pendant un long moment, tous demeurèrent silencieux autour du poêle de la cuisine.

.Carinou entra, escortée par Pitou.
—Est-ce que vous pensez qu'il y aurait une lettre de maman dans la boîte ? Demanda la fillette, les yeux pleins d'espoir.
—Non, ma chérie. Si Jasmine avait écrit, sa lettre n'aurait pas eu le temps d'arriver, mon trésor.
—Et le Père Noël, est-ce qu'il sait où l'on est ?
—le Père Noël prépare les cadeaux, il n'a pas le temps d'écrire, émit Louba, haussant les épaules.
—Mais je veux aller voir ! S'écria Carinou soudainement très en colère. Et elle éclata en sanglots, tapant des pieds et faisant fuir Pitou qui se réfugia au salon.

Gigi la prit dans ses bras, et tenta de consoler l'enfant comme elle pouvait. L'idée dérivative vint de Miguel :
—Je propose que nous allions au jardin trouver des branches et nous en ferons un bouquet qui fera comme un arbre.

—Comme un arbre de Noël ? Demanda Carinou essuyant ses yeux rougis.
—Exactement ! Et ensuite, nous irons voir au grenier s'il n'y aurait pas des ornements de Noël cachés dans un coin !
Carinou sembla oublier aussitôt son chagrin, et prenant la main de Miguel, elle l'entraîna d'autorité dans l'escalier. Louba et Medhi leur emboîtèrent le pas.

—La pauvrette est bien perturbée... soupira Sœur Céline. J'en suis tellement désolée...
—C'est normal, mais voyez comme le changement la distrait vite ! Temporisa Gigi.

Blanche, assise à la table, posa son front dans sa main.
—Je n'ai rien dit aux gendarmes... Il me semble cependant qu'ils se doutent de quelque chose...
—C'est peut-être mieux ainsi... émit Gigi. Ils me semblent bien renseignés sur les agissements de cette *Ponterfresch*. Elle ne devrait plus nuire bien longtemps...
—Si notre mésaventure a pu servir à arrêter les manigances de malveillants...
—Avez-vous entendu ? Cette femme se fait

aussi appeler Rolog... Cet homme qui se faisait passer pour le baron des Adrets, au siècle dernier, Me Nicolas a évoqué son nom... Et cette nuit, je ... je ne dormais pas ... Et Miguel non plus... Et, pardonnez-moi Blanche, je ne vous ai pas demandé la permission, mais... Nous sommes allés, Miguel et moi... voir ce que contenait le petit bureau, la chambre du fantôme...

« Bien entendu, il n'y avait pas de fantôme, dans ce passage secret qui donne au fond du cellier. Nous avons regardé un peu ce que contenait le bureau... Il y a des documents... Très anciens... Ils racontent les démêlés du détective privé Wilhem avec ce Rolog... Un monstre ! Wilhem y indique aussi où se trouverait la rose d'or...

Blanche et Sœur Céline s'exclamèrent.
—Nous nous sommes montrés bien intrusifs, Miguel et moi... Nous pardonnerez-vous, ma chère Blanche ?
Blanche sourit chaleureusement et échangea un regard bienveillant, un peu malicieux, avec Sœur Céline.
—Mais vous êtes toute pardonnée, ma belle Gigi ! Et notre grand Miguel également ! Et

puis, vous nous apportez une si incroyable nouvelle de votre expédition nocturne !

Autour d'un thé odorant, il se tint alors un conciliabule.

—Je comprends mieux, disait Blanche Dumain, pourquoi Ponterfresch sondait les murs...

—De fait, ils ont bien failli réussir leur coup ! Seulement voilà, ils sont arrivés trop tard ! Toutes les belles choses que vous m'avez données avaient traversé le couloir et se trouvaient chez moi...

—Dieu soit Loué ! Épilogua la sœur.

—Mais Ponterfresch et son complice ont dû arriver à la même conclusion... Et ils n'ont pas eu le temps de trouver ce qu'ils cherchaient...

—Voilà qui est assez étonnant... cogitait Sœur Céline. Une bande si bien organisée...

—Ils ont dû comprendre assez vite que leurs complices les kidnappeurs avaient échoué et se doutaient que les gendarmes viendraient jusqu'à la maison... Ils n'ont pas traîné... émit Gigi.

Après un long silence, Blanche soupira :

—Le mieux, si nous trouvons cette rose d'or, c'est de la rendre à ses propriétaires... Elle doit rester bien à l'abri dans un tabernacle, dans l'Eglise de Montbrison. Nous irons la rapporter. Sans le vouloir, ce bel objet sacré aura causé bien du tourment.

—Surtout à ceux qui ne la convoitaient pas ! S'écriait Sœur Céline.

—Dès que Miguel et les enfants seront revenus, nous irons voir... Nous fouillerons tous les meubles, regarderons tous les dos des tableaux. Allons ! Encore une délicieuse datte fourrée de Mme Ben Careh, pour nous donner du punch, et en avant pour la chasse au trésor !

20

Bien emmitouflées, Blanche, Gigi et Sœur Céline, aidées par Miguel, examinaient un à un tous les meubles et objets rapportés de Lyon. Miguel et Medhi les avaient entreposés dans le cellier, recouverts de grandes bâches, et par bonheur, déposés dans le fond de la pièce.

—.Ponterfresch et son complice n'ont pas eu le temps de fouiller... supputait Gigi. Mais tout de même, ils ont dû conclure que la rose devait se trouver dans ce que nous avions emporté de la Croix-Rousse.

—Vous avez bien raison de vouloir rendre la rose à ses propriétaires... dit Miguel. Vos aïeux ont payé cher le courage de la préserver, mais je pense que le temps est venu de clore un chapitre.

—Oui, Miguel ! Vous parlez d'or ! C'est alors que la paix et le bonheur reviendront ! L'univers ne nous pas amenés jusqu'ici pour faire notre malheur, j'en suis bien certaine...

Comme pour la conforter dans ces sentiments, leur parvenaient les rires des jeunes s'amusant dans la neige. Carinou semblait avoir oublié ses tracas et riait à gorge déployée, essayant d'échapper aux boules de neige de Medhi. Et Pitou qui pour la première fois de sa vie, se roulait dans la neige épaisse, éternuait et s'ébrouait, ajoutant à l'hilarité de la fillette.

Suivant les conseils de Miguel, les enfants avaient rapporté des brassées de branches tout en veillant à ne pas abîmer les arbres. A présent, réunis dans une énorme jatte près d'une des grandes fenêtres du salon, les ramures formaient un arbre fantastique qui n'attendait que d'être paré de menus ornements de Noël remisés dans le grenier. La lumière y étant réduite, on avait reporté cette importante opération au lendemain.

Etudiant chaque surface de décors muraux, faisant jouer tiroirs et portes des meubles anciens ayant appartenu à Blanche, les quatre amis se concentraient sur l'espoir de trouver la rose d'or dans quelque cachette secrète. Mais le temps passait et aucune parcelle de bois marqueté ou de toile peinte très ancienne n'avait délivré un secret...
—Les enfants sont rentrés et la nuit ne tardera

pas... soupira Blanche. Je crois que nous allons faire comme eux...
—Oui, allons nous reposer ! Renchérit Gigi. Nous reprendrons demain... Mais je vous avoue être un peu déçue...
—Ah... C'est que la rose d'or ne se laisse pas trouver aussi facilement... Dieu merci ! Elle se mérite... dit Sœur Céline. Mais nous avons tout de même eu le bonheur de visiter cet ingénieux passage secret découvert par Medhi ! L'innocence nous a montré le chemin ! N'est-ce pas magnifique ?

Miguel avait mené l'expédition du cellier jusqu'à la petite chambre secrète : chacune des pièces comportait un mécanisme indécelable à première vue qui ouvrait une porte dans le mur à la demande.
—Nous avons donc découvert l'antre du fantôme !
—Je crois, Blanche, que le fantôme était un être de chair et d'os, et qu'il a transmis le secret à travers le temps aux personnes qui se trouvaient en danger. D'aucuns ont dû apercevoir de la rue quelques lumignons flottant derrière les fenêtres, de quoi entretenir la légende et éloigner ainsi les fâcheux. Et

voilà tout ! Allons vite rejoindre la jeunesse et nous mettre au chaud !

—Ces dames et moi, avons préparé une bonne soupe de potiron et de châtaigne, annonça Sœur Céline ! De quoi faire le plein de nouvelles inspirations pour nos recherches de demain ! Annonça Sœur Céline.

—Ma sœur, si vous nous prenez par les sentiments ! Rit Miguel en passant son bras sous celui de la religieuse.

Gigi interrogeait désespérément son téléphone.

—Toujours pas de nouvelles de Jasmine ! Elle exagère tout de même ! Que dire à Carinou ! Mon Dieu ! J'espère qu'il ne lui est rien arrivé, à cette enfant ! Avec son Waldeber qu'on ne sait même pas où prendre ! Ah ! Ces enfants me donnent bien du souci !

Comme souvent, Gigi luttait contre l'anxiété et le découragement par de la colère, qui ne durait jamais longtemps.

—Mais tu sais bien, Gigi, qu'il y a de la neige partout, que l'accès aux trains et aux avions est périlleux, et qu'il n'est pas facile de rentrer de Suisse allemande !

—Hé ! Je le sais bien ! Mais que veux-tu... Ce

Noël s'annonce bien mal...
—Nous n'y sommes pas encore, ma chère amie ! Intervint Blanche. Et même si Carinou se bute un peu, vous savez comme elle est raisonnable. Bien entourée par tous, elle se détournera un peu de son chagrin...
—Vous avez sans doute raison, ma chère Blanche.

Ils entrèrent et trouvèrent Louba et Medhi assis sur le tapis auprès du feu, qui conversaient à voix basse.
—Vous êtes sages au moins... lança Gigi, fronçant les sourcils.
Miguel lui dédia un sourire ironique, et elle faillit éclater de rire.
—Hé ! Dit-elle, je dois veiller sur la vertu de ces jeunes gens !
—Mamie, Medhi est majeur !
—Certes, mais pas toi, ma petite !
—Mme Gigi, Louba et moi, nous sommes très sérieux ! Se défendit Medhi. Si je ne la respectais pas, soyez sûre que ma mère m'arracherait les yeux !
—Bon, bon... C'est très bien... Carinou n'est pas avec vous ? Demandait Gigi en cherchant autour d'elle.

—Non, elle est montée dans sa chambre avec Pitou ! Elle a encore fait un caprice !
—Vraiment ?
—Elle voulait absolument que j'appelle maman sur mon téléphone ! Ce que j'ai fait ! Mais on tombe tantôt sur la messagerie, tantôt sur le vide... Il n'y a même pas de tonalité par moment ! Ensuite, il a fallu lui promettre qu'on irait visiter dès demain le palais Idéal du Facteur Cheval.
—Comme je lui ai dit qu'on en reparlerait, elle a maugréé qu'elle voulait dire je ne sais pas quoi au Facteur, et elle est montée en courant dans sa chambre.
—Bon, je vais voir... soupira Gigi, qui les jambes lourdes, s'engagea dans l'escalier. Miguel avait rejoint Blanche et Sœur Céline à la cuisine, et installait le couvert : on souperait tôt, car tous étaient affamés, et on irait vite au lit pour être en forme le lendemain.

Miguel soulevait un couvercle pour se délecter d'un fumet, mais un grand cri provenant de l'étage lui fit interrompre son mouvement, tout comme les deux femmes qui préparaient le repas. Gigi poussa un autre cri

qui leur glaça le sang.
—Carinou n'est pas dans sa chambre ! criait-elle.
Miguel monta quatre à quatre, reçut dans ses bras son amie qui serait tombée sans cela. Elle était proche de la syncope, et Miguel la porta presque pour descendre au salon.
—Ils ont réussi leur coup ! Parvint-elle à prononcer.

Accourues, Blanche et Sœur Céline essayaient d'aligner deux idées, tandis que Louba et Medhi s'étaient précipités dans les chambres, ouvraient les portes, grimpaient au grenier, firent même jouer le mécanisme du passage secret. Revenus dans la chambre de l'enfant, ils virent que son manteau de peluche rose, son bonnet et ses gants n'étaient pas à la patère en forme de *Princesse des Neiges*.

—Mamie, criait Louba, son manteau n'est pas là, elle doit être dans le jardin !
Gigi se précipita à l'extérieur et Miguel la suivit pour lui poser sa parka sur les épaules
—Regarde... Ces petites empreintes qui vont vers le portail... Et il est entrebâillé ! On l'a donc enlevée !

Gigi pouvait à peine articuler, et claquait des dents.

Miguel ôta la chaîne entortillée à un barreau du portail et se précipita au-dehors. Les petits pas menaient jusque dans la rue, mais ensuite, le trottoir étant déneigé, les traces se perdaient.

—Elle ne doit pas être loin... suggéra Sœur Céline. Si on l'avait enlevée, les ravisseurs l'auraient portée, afin de ne pas laisser de marques... Je pense qu'elle a dû s'en aller seule.

—Eh bien, allons à la mairie... avança Miguel.
Gigi s'accrocha à sa manche :
—Non, non, je t'en prie... Si nous retournons voir le maire, il va se demander quels drôles de nouveaux administrés nous sommes, et peut-être que les services sociaux voudront enquêter, ils diront que je ne sais pas m'occuper de mes petites-filles, ils me les prendront, ils voudront les mettre dans un institut... Et peut-être... Peut-être qu'ils auront raison !

Gigi, sans force, se laissa tomber à genoux, mais Miguel la remit sur ses jambes, le tenant fermement par la taille :

—Mon amour... Courage... Elle ne peut être loin... Voilà ce que nous allons faire ! Blanche, si vous voulez bien demeurer ici... Pour le cas où elle reviendrait... Ou bien si Jasmine appelle...Vous vous enfermez dans la maison...

« Medhi et Louba, vous prenez vers le haut de la ville, vers le palais du Facteur... Gigi et Sœur Céline vont vers l'église. Moi, je prends vers la Galaure...On se retrouve sur la place de la mairie, pour faire le point, si nous ne trouvons rien...

Au nom de « Galaure », Gigi étouffa un gémissement, mais Sœur Céline passa son bras sous le sien et tous se mirent en route. Il n'y avait plus une seconde à perdre.

Blanche les considéra un moment depuis le perron, prit dans ses bras Pitou qui se frottait contre ses jambes, et rentra :
—Tu sais, toi, où est la petite ?
Pitou la considéra de ses grands yeux de miel et poussa un petit miaou plaintif.

Dans la rue, Carinou fut un moment perplexe.
« Dans quel sens aller... Où diriger ses pas... Bien sûr, elle pourrait entrer dans une boutique, demander où était le Palais du Facteur Cheval, mais non... On lui poserait mille questions, et il ne fallait pas... Oh ! Mamie ne serait pas contente, mais mamie ne savait pas certaines choses que vous soufflent les Fées ! Maman n'appelait pas ? C'est parce qu'elle était très haut dans les montagnes, et pour pouvoir lui parler dans le téléphone, il fallait aussi monter plus haut. Et quoi de mieux pour être en hauteur, que le Palais du facteur Cheval ?

« Oh ! Louba ne serait pas contente, quand elle verrait que Carinou lui avait emprunté son téléphone, mais Carinou y ferait très attention ! A présent, la nuit était tout à fait tombée, et Carinou eut peur. Elle n'aurait pas dû partir comme ça, mais Louba était avec Medhi, ils se parlaient beaucoup, et les grands fouillaient dans la cave, cherchant on ne savait pas quoi... »

Carinou avançait au hasard, il y avait bien des panneaux indicateurs, mais Carinou ne savait pas encore bien lire. Vraiment, il faudrait faire un effort cette année, dans sa nouvelle école, après que le Père Noël serait passé !

« A propos, que faisait-il celui-là ! Avait-il seulement bien reçu sa lettre ? Sûrement que dans le monde, il y avait beaucoup d'enfants qui demandaient le même cadeau, mais Carinou avait bien pris soin de faire un beau dessin, pour bien expliquer ! Il faudrait qu'il soit grand, avec des cheveux blonds comme les miens, parce que sinon, ça n'irait pas. Il aimerait aussi les gâteaux et les frites, comme Carinou et il saurait bien lui fabriquer un autre serre-tête à cornes de caribou ! Pour bien que le Père Noël comprenne sa demande, à côté du dessin, elle avait fait écrire par Louba « je veux un », et comme ça, sans rien dire à personne, - sinon, ça ne compterait pas -, elle avait rajouté « papa ».

« Car oui, il fallait un papa à la maison, pour que maman se repose pendant qu'il irait travailler. Et puis, il tiendrait la main de Carinou pour aller à l'école, et elle serait tellement fière ! Elle dirait à toutes ses petites camarades, sans s'arrêter : « C'est mon papa,

c'est mon papa, c'est mon papa ! » Quel bonheur ! Vite ! Il faut trouver ce palais pour appeler maman... et peur-être aussi le Père Noël.

Carinou s'était un peu éloignée du centre, lorsqu'elle tomba en arrêt devant un homme gigantesque. Elle poussa un petit cri mais reconnut aussitôt le personnage : il poussait sa brouette et Carinou éclata de rire :
—Facteur Cheval ! Je ne t'avais pas reconnu ! Ah ! Je savais bien que tu viendrais à ma rencontre... mais dis-moi, où est ton palais ? Louba a dit qu'il y avait des escaliers ! Il faut que je montre très haut pour appeler maman! Il faut que tu m'aides à rentrer... Quoi ? Que dis-tu ? »

Soudain, la fillette se cacha tout contre la grande brouette de bois que guidait la statue figurant le facteur Cheval. Carinou venait d'entendre une voix qui appelait son nom.
« C'est monsieur Miguel... *Oh là là ! Mamie ne doit pas être contente !* »
Carinou demeura cachée et ne bougea plus. Elle entendit les pas qui se rapprochaient, passèrent près d'elle, puis s'éloignèrent. Elle

aurait bien voulu appeler Miguel pour qu'il la ramène à la maison, parce qu'elle avait froid, mais elle se fit violence : « *Non, il faut d'abord que j'appelle maman...* »

Elle aperçut, de l'autre côté de la route, un petit panneau qui indiquait la direction du Palais par un dessin figurant une sorte de château. « *C'est par là...* »Elle fit bien attention pour traverser, comme on le lui avait appris, puis elle suivit le trottoir avant de tourner dans une ruelle à sa droite.

D'autres panneaux reproduisaient le même château, et un peu effrayée, la fillette s'engagea dans la pénombre de la rue qu'ils indiquaient.
Elle fut soudain près d'une très haute porte vitrée, et se hissant sur la pointe des pieds, aperçut un comptoir de bois auprès duquel des personnes conversaient. Derrière elle, Carinou entendit des pas : un couple approchait et ouvrit la grande porte ; elle se glissa à leur suite et profitant de l'affluence, portée par le groupe de visiteurs, elle se trouva bientôt propulsée comme par miracle dans le jardin du Palais Idéal !

Elle se blottit près d'un banc et regarda de tous ses yeux ! Oh ! Comme c'était beau ! Comme c'était grand ! Comme elle serait contente d'y revenir avec mamie et Miguel, Louba et Medhi, Blanche et Sœur Céline, en attendant que maman revienne. Elle vit trois énormes personnages de pierre qui semblaient monter la garde, et leur demanda timidement :
—Pardon, messieurs les géants, comment on fait pour monter en haut ?
A ce moment, elle repéra un escalier qui montait vers le sommet de l'édifice. Pas très rassurée, elle croisa des animaux de pierre qui, la gueule ouverte et les yeux ronds, couverts de neige, l'observaient, mais ils la laissèrent passer et l'enfant se trouva sur une sorte de terrasse, comme dans les châteaux des princesses d'autrefois.
« C'est bien haut tout de même... Même pas peur... Je ne regarde pas en-bas c'est tout ! Bon, maintenant, il faut que j'appelle maman... J'appuie sur le petit téléphone et ... »
Carinou réprima un sursaut de surprise lorsqu'elle reconnut la voix de Gigi,
« Zut alors ! Je m'ai trompée ! » mais elle n'eut pas le temps de s'interroger plus avant,

car un homme vêtu de noir et une jeune femme souriante, s'approchaient d'elle.
—Eh bien, ma petite fille, tu es toute seule ? Demanda le Directeur du palais Idéal.
—J'attends ma maman... Elle va venir bientôt... répondit Carinou d'une voix tremblante.
—Parfait... Alors, la dame et moi, nous allons l'attendre avec toi.
Pendant ce temps, dans le téléphone, la voix pleine de larmes de Gigi exhortait sa petite-fille à lui répondre.

21

Le groupe d'amis s'était retrouvé bredouille sur la place de la mairie. Pas de Carinou à l'église, pas de Carinou au bord de la Galaure ! Pas de Carinou aux abords du palais Idéal !
Il fallait se résoudre à s'adresser encore une fois au maire... Quelles que soient les conséquences !

Puis il se passa ceci : le téléphone de Gigi sonna, elle établit la liaison, et faillit tomber évanouie en entendant Carinou qui disait dans l'appareil :« *Zut alors, je m'ai trompée !* » puis une voix masculine prononça : « *Soyez sans crainte, votre fille est là, au Palais, ma collaboratrice lui parle. Tout va bien...* »

Puis il y eut cet autre miracle. Une voiture immatriculée en Suisse vint freiner auprès d'eux et Jasmine jaillit de l'habitacle et se jeta dans les bras de Gigi et de Louba
—Maman ! Maman ! Ma petite fille ! Blanche

Dumain nous a tout raconté ! Enfin... je n'ai pas tout compris, mais nous voilà ! Que se passe-t-il avec Carinou ? Où est-elle ?

Comme Gigi ne pouvait proférer un mot, ce fut Miguel qui se lança :
—La petite avait trop hâte de visiter le Palais, et surtout de vous entendre... Elle est... Elle est au palais, avec le directeur et sa collaboratrice. Nous allions justement la rejoindre....

Jasmine le considérait sans comprendre. Un homme de bonne stature, le conducteur de la voiture, se tenait en retrait, sans mot dire.

—J'étais si inquiète... fit Gigi d'une petite voix cassée. Et Carinou si désespérée de ne pas pouvoir te parler...
—Je sais... émit Jasmine... Pardon, maman chérie ! Tout est ma faute... A la station de Wengen où nous nous trouvions, on n'avait plus aucune communication téléphonique, alors, Waldeber et moi, nous avons décidé de partir avant les encombrements des fêtes sur les routes. Et voilà ! Je serai pour Noël aux côtés de mes petites filles chéries!

Et comme tous se taisaient.
—Mais... Ma carinou... Elle va bien ?... Vous avez tous l'air si étrange... Sœur Céline, ma petite Louba, Medhi, oh ! Et Miguel ! Tout le monde est là ! Mais où ai-je la tête ! Maman, je te présente Waldeber !
—Guten Tag ! fit Gigi.
—Mes hommages, mesdames ! Fit l'homme en s'inclinant à la ronde.
Tous prirent la direction du Palais Idéal.

Gigi se dit qu'il serait toujours temps de raconter les faits dans leur sévère réalité.
—Oui, oui... Carinou va très bien ! Elle avait simplement hâte de revoir sa maman...
—Pauvre chou... On ne va plus se quitter maintenant ! Alors, vous êtes venus en vacances ici ? Et avec Sœur Céline ! Et Medhi ! C'est magnifique ! Tous les gens que j'aime sont là !
Et ébouriffant les cheveux de Medhi :
—Le bourg est ravissant avec ces décorations de Noël ! J'adore Hauterives ! Il y a moins de monde que l'été ! Mais j'espère que vous ne vous ennuyez pas, les jeunes, hein ?

Le directeur qui attendait la famille de Carinou à l'entrée du site, les conduisit vers l'escalier menant au sommet du Palais Idéal.

Comme tous allaient s'engager à sa suite, il se retourna et à voix basse :
—Nous rencontrons un petit problème !
—Un problème, comment cela ? S'inquiétait Jasmine.
—L'enfant ne veut pas descendre... Lorsque nous voulons l'attraper par la main, elle recule et s'approche de la rambarde.
—J'y vais... Laissez-moi passer s'il vous plaît...

Puis elle appela :
—Carinou, ma chérie ! C'est maman ! Descends vite !
La petite fit un pas vers sa mère, lui tendant les bras, ivre de joie. Elle se réfugia dans le giron de la jeune femme et toutes deux s'étreignirent longuement.
—Je croyais que tu ne viendrais plus jamais, maman chérie...
L'enfant s'exprimait d'une toute petite voix, et ses larmes se mêlaient à celles de Jasmine.
—Mon bébé chéri... Comment pouvais-tu

penser que je laisserais mon enfant adoré ? Quand tu es avec mamie et Louba, c'est que je dois m'absenter... mais je reviens bien vite ! Et puis, tu es en compagnie de gentilles dames et de messieurs aussi gentils ! Est-ce que tu t'amuses bien !
—Oh ! Oui, maman, avec ma bonne sœur Céline, on a même fait du feu pour échapper à des gens très méchants !
—Vraiment ! Eh bien dis-moi ! Tu as une imagination débordante ! Quand tu seras plus grande, tu pourras écrire des romans ! A présent, viens ma chérie ! Il faut descendre ! Le vent se met à souffler !

Jasmine prit la main de la petite et allait l'entraîner, mais inexplicablement, l'enfant résista de toute sa force, et refusa d'avancer.
—Non ! Je veux attendre ici !
—Allons, ma chérie ! Le Palais va fermer ! Nous reviendrons demain le visiter tous ensemble ! Remercie M. le directeur et sa charmante collaboratrice de s'être si bien occupés de toi, et redescendons !
—Mais maman ! Tu ne peux pas comprendre ! Je dois attendre le Père Noël ici ! C'est le seul endroit où il pourra poser

son traîneau volant ! D'ici, il peut voir toutes les cheminées des enfants !
—Bon, ça suffit à présent, viens !
Mais Carinou se faisait plus pesante, se pendait au bras de sa mère, se mit à pousser des cris perçants qui se commuèrent en de gros sanglots. Jasmine, sidérée, regardait sa petite fille comme si elle ne la reconnaissait pas. Que s'était-il donc passé, pour qu'elle fût perturbée à ce point ?

Elle tenta de reprendre l'enfant dans ses bras, mais celle-ci se débattait, mobilisant ses dernières forces après son périple épuisant à travers le bourg.
Gigi et Louba se portèrent à la rescousse. Elles tentèrent encore de raisonner la fillette qui pleurait de plus belle.
—le Père Noël... parvint-elle enfin à articuler. Je lui ai demandé de m'apporter un gros cadeau... Seulement, il ne peut pas le poser dans la cheminée de madame deux-mains... Il se brûlerait, tu comprends !
—Mais le Père Noël est un spécialiste, il connaît son affaire et fera attention ! Affirma Louba. Allez ! On rentre ! Monsieur le Directeur est patient, mais il ne faut abuser !

Alors ? C'est quoi ce « gros » cadeau ?
Carinou se pencha à l'oreille de sa sœur et murmura deux mots.
Louba, les yeux mouillés, regarda sa petite sœur, et la serra contre son cœur. Et comme Jasmine et Gigi l'interrogeaient du regard :
« *Elle a demandé ... un ... papa ...* » articula muettement la jeune fille.

A ce moment, Waldeber et Miguel rejoignaient les dames sur l'esplanade. Carinou frotta ses yeux et bouche bée, contempla le compagnon de Jasmine, admira les beaux cheveux blonds de l'inconnu, et se dit qu'il ressemblait beaucoup au papa de ses rêves. Elle se dégagea des bras de sa mère et fit un pas vers les deux hommes.
—Tu es venu avec le Père Noël ? Questionna l'enfant soupçonneuse.
—Eh bien... On peut dire cela... En tout cas, je viens d'un pays de neige... dit doucement Waldeber.
—Alors... Tu... Tu veux bien être … mon papa ?
La fillette levait vers l'homme de lumineux yeux clairs pleins d'espoir, et Waldeber se baissa et la souleva dans ses bras.

—Ce sera avec un immense plaisir, mademoiselle Caribou ! Tu vois, je te connais bien déjà ! Mais il faut que ta maman soit d'accord, bien sûr !

Jasmine ne put qu'acquiescer d'un hochement de tête, car son menton tremblait.

—Eh bien, on dira ce qu'on voudra ! Épilogua le Directeur du site. La magie du Palais Idéal du Facteur Cheval n'est pas un vain mot !

Epilogue

Le lendemain, la journée se déroula magnifiquement. On devait retourner visiter le Palais, cette fois de jour, sous un ciel d'un bleu magnifique. Un soleil radieux faisait quelque peu fondre la neige et donnait au bourg de Hauterives un air tout printanier.
—J'espère que le Directeur voudra bien laisser entrer de nouveau notre famille de fous ! Rit Jasmine. Ainsi, maman, tu restes à Hauterives ?
—Comme je te l'ai expliqué, Blanche veut bien que je partage sa maison...
—Votre maison, Gigi ! Elle vous appartient ! Ne l'oubliez pas !

—Je pense me remettre à la peinture. Ici, je me sens inspirée.
—Ne crains-tu pas de te trouver loin de la ville ?
—Tu m'en donneras des nouvelles, ma fille ! Tout comme les jeunes gens ! Et puis, Miguel viendra souvent nous voir...

Elle dédia un regard plein de tendresse à son compagnon, qui se pencha et baisa sa main.

—Il fait un temps merveilleux ! Soupirait Jasmine, comme on est bien... Si cela pouvait durer jusqu'au printemps...
—Ne t'y fie pas, ma chérie... dit Waldeber. Ils ont annoncé de la neige pour Noël ! Il recommence à neiger sur le Grand Est, et ça descend peu à peu vers nous... Nous allons trouver un gîte sur la commune, et si nos hôtesses en sont d'accord, nous passerons Noël avec vous tous !
—Chic ! S'écriait Carinou. Comme ça, j'ai tout mon monde avec moi ! C'est trop bien !
Puis à l'oreille de sa grande sœur :
 —Quand est-ce qu'on pourra leur raconter qu'on étaient enfermées dans une grange avec ma bonne sœur, et qu'elle a mis le feu pour qu'on se sauve..

Louba serra la petite dans ses bras :
—Chuuutt !!! Pas encore ! Pour le moment, on ne pense qu'à Noël ! Et si nous allions essayer la jolie robe que maman et Waldeber t'ont apportée ?

Comme les deux sœurs s'engageaient dans l'escalier, Carinou envoya un baiser au couple du tableau.

—Il faudra aussi expliquer à maman que la jolie dame du tableau et le monsieur sont de la famille de madame Deux-mains ! Et tu sais quoi ? Ils parlent ! Je les ai entendus, oui, c'est vrai de vrai, *je te f'rai dire* !

—Oui, oui... soupira Louba ! Quelle bavarde tu fais ! Bon, je vais t'aider à te débarbouiller, et ensuite, nous descendrons pour aller au Palais Idéal ! Tâche de bien te tenir cette fois!

—T'es pas ma mère ! Répondit Carinou, en lui faisant une grimace qu'elle voulait horrible.

—Oui, eh bien si tu veux éviter les ennuis, tu gardes pour toi tes contes à dormir debout, jusqu'à nouvel ordre ! Viens, on va refaire tes nattes !

Carinou lui tira la langue et en représailles, Louba la chatouilla et Carinou poussait des hurlements de joie.

C'est alors qu'on frappa à l'aide du heurtoir de bronze en forme de main délicate, qui faisait l'admiration de Carinou.

Les filles dévalèrent l'escalier et se trouvèrent en présence de M. Journet souriant, s'appuyant sur une canne.

—Entrez vite ! M. Journet, s'exclamait Blanche Dumain s'avançant dans le hall. Nous allions prendre le café ! Quelle bonheur que vous soyez venu !
—Je crois savoir que vous venez de connaître des heures mouvementées...
—En effet, rit Blanche, mais venez donc au salon ! Nos messieurs nous ont préparé un très bon feu !
—Je ne veux pas déranger votre réunion de famille !
—Oh ! Mais pas du tout ! D'ailleurs, c'est comme si vous en faisiez partie !

M. Fournet prit le bras de Mme Dumain, et à voix basse :
—Blanche, il faut que je vous dise... A l'office notariale, j'ai beaucoup hésité mais... Je crains de vous … donner au choc...
—Oh ! Pour cela, à mon âge, vous savez... Mais entrez donc au chaud ! Vous étiez donc à l'office notariale ?
On fit les présentations, et M. Journet, après

une hésitation :
—Chers amis, je ne voudrais pas donner à mon geste une tournure théâtrale, mais je dois la vérité à Blanche.
—De quelle vérité parlez-vous, mon Dieu ?

M. Journet jetait à la ronde un regard un peu inquiet, et Blanche le rassura :
—Vous pouvez parler sans crainte devant toutes les personnes présentes !
Louba entraîna un peu à l'écart Carinou au prétexte de la recoiffer.

—Cela est en rapport avec ce que vous avez appris à l'office notariale...
Et alors, à la grande surprise collégiale, M. Journet ôta sa chapka qui libéra des cheveux blonds en mise en plis. Il ôta ses grosses lunettes et d'une harmonieuse voix féminine ;
—Voici, je ne m'appelle pas M. Journet, je suis Philippine Nicolas, et Blanche, je suis... je suis ta sœur... Oh ! Mon Dieu !
Blanche vacillait et ces messieurs se précipitèrent pour la soutenir.

—Comment... Comment est-ce possible ...
Dans le brouhaha qui suivit cette annonce,

Philippine s'approcha de Blanche et les deux femmes s'étreignirent.
—C'est drôle... disait Mme Dumain, j'ai toujours eu le sentiment que j'avais une sœur... C'est drôle, n'est-ce pas ? Répétait-elle.

Le grand moment d'émotion passé, Philippine Nicolas expliqua :
—Notre père n'a eu d'autre choix que de nous confier aux bonnes gens des Chambarans, comme je vous l'ai exposé. Quand notre mère mourut, je n'avais que deux ans, et toi, ma petite Blanche, pauvre bébé au maillot, on dut te confier à une nourrice, qui s'attacha fort à toi. Quant à moi, je fus confiée aux bonnes sœurs de la Trappe et ensuite, au notaire de Montrigaud qui n'avait point d'enfant et qui m'éleva comme sa propre fille.
« Je suivis ensuite des études de droit, avant de partir pour Lyon où j'épousais un notaire de Lyon, maître Nicolas... Mais ma chère sœur, j'ai toujours suivi de loin ta vie, autant que faire se pouvait... Notre père, qui avait reçu des menaces, se cachait, et veillait à ce que notre identité ne fût pas découverte. Et le peuple des Chambarans s'employa à protéger notre secret... Pendant la guerre, je revins

dans la région pour travailler avec le maquis. Cette maison servit à protéger des réfugiés... Et je sais que toi aussi, à Lyon, malgré ton jeune âge, tu as apporté ta part à la Résistance.
—Mais... Ce travestissement en M. Journet...
—Il m'a souvent aidé à traverser des situations périlleuses. J'ai pris autrefois des cours de pantomime, j'ai même été applaudie à la scène sous le nom de Margot Printemps ! ajouta Philippine dans un sourire.
—Ah ! Margot Printemps ! Je collectionnais ses cartes postales ! S'exclamait Blanche. Ainsi, c'était toi ! Quel miracle mes amis ! Il a fallu que je vienne à Hauterives, pour qu'il se produise !

—Lorsque notre père est décédé, - je l'ai appris par des amis communs, car il ne voulait pas nous rencontrer malgré ce qu'il lui en coûtait, de peur de nous mettre en danger...-, j'ai tout fait pour réaliser ses dernières volontés : que nous puissions nous retrouver si possible, près de sa chère forêt des Chambarans, la magnifique Brocéliande dauphinoise...
—Mon cher Isidore savait tout cela...

—Ne lui en veux pas, Blanche ! Il t'aimait profondément, et savait le danger encouru si on avait pu découvrir ta véritable identité...
—Mais alors... Pourquoi nous apprendre cela maintenant ? S'enquit Blanche.

Philippine eut un long soupir :
—Ma chère petite... Outre que je me fais vieille, et que mon souhait le plus cher est que tu apprennes la vérité, le plus grand danger qui pesait sur nous est écarté... *Rolog*, le monstre qui se faisait passer pour la réincarnation du baron des Adrets est vraiment trépassé...
—Mais... le détective Wilhem ne l'avait-il pas vaincu en un combat mémorable, au château de Bressieux, comme tu nous l'as expliqué hier ?
—Eh bien, c'est ce que l'on a longtemps pensé... mais ce diable d'homme avait plus d'un tour dans son sac, comme feindre le trépas, par exemple, à l'aide de drogues subtiles... Il avait rassemblé toute une armée de gueux dévoués à sa cause ignoble...Mais il semble selon des renseignements de source sûre, que ces bataillons de la mort aient été démantelés...

—Notre famille n'est donc plus en danger ?
Philippine se recueillit un moment, puis :
—C'est ce qu'il semble... Cepndant, *Aline Ponterfresch*, alias *Rose d'Or Rolog*, arrière-petite-fille du monstre, court toujours, selon le colonel de gendarmerie de Valence qui est de mes amis...

—Rose D'or..,
—Oui.... Un bien beau nom pour une âme aussi noire... le faux baron des Adrets était fou de sa descendante et voulait qu'elle portât le nom de ce qui motivait la quête de toute sa vie... Heureusement, le bijou reste introuvable...

—Nous avons cherché partout... Nous pensions qu'il pouvait être ici-même...
—Je l'ai pensé aussi... C'est pourquoi, lorsque après le décès de notre père, je pris possession de la maison, j'y venais souvent en empruntant le fameux passage secret que vous avez découvert, n'est-ce pas ?
Philipine sourit :
—Lorsque vous êtes arrivés, j'avais préparé des pâtisseries et je me suis ensuite tant dépêchée de retrouver l'identité de M. Journet,

que je n'étais pas sûre d'avoir bien refermé le passage secret... C'est pour cela que je ne vous ai pas tout de suite indiqué que l'on pouvait se rendre au cellier par l'escalier intérieur pour rapporter du bois. Ce n'est pas de vous que je me méfiait, mais je savais que la descendante de Rolog rôdait...
—Mais alors, cette maison t'appartient ?
—Non, je posséde moi aussi un bien, non loin de Châteauneuf. Où vous êtes tous invités ! Notre père tenait à ce que cette maison « des têtes » te revînt, Blanche. Ces mascarons proviennent d'une chapelle qui fut détruite pendant les guerres de religion, et qu'un lointain ancêtre put sauver et encastrer dans ses propres murs... On dit que ces têtes portent bonheur... Je les ai sondées aussi... mais rien... la rose reste introuvable...

—Nous sommes convenus que, lorsque nous la trouverons, nous la rendrons à l'Eglise de Montbrison...
—C'est bien, Blanche... Elle réapparaîtra lorsque le temps en sera venu, si Dieu le veut.

Comme pour corroborer ces paroles, l'horloge de parquet très ancienne qui égrenait les heures de son balancier polychrome, semblait rythmer les pensées et les émotions des personnes présentes, regroupées autour du feu dans la paix de cette après-midi d'avant Noël.

Carinou, toute bien coiffée à présent, s'approcha de Gigi :
—Mamie, tu as promis qu'on irait voir le Facteur ! Est-ce qu'on peut maintenant aller tous ensemble visiter le beau Palais ?

Un peu plus tard, jouant avec Pitou dans le salon en attendant le dîner, Carinou poursuivit son bavardage :
—Ma Pitou, je te parle à toi, parce que tu comprends tout, et les grandes personnes, plus on leur dit la vérité, moins elles te *croivent* !

S'ensuivit une course effrénée tout autour des meubles en tirant une pelote de laine qui finit par s'embrouiller autour de la lampe d'opaline éclairant le travail de dentellière de Mme « Deux-mains ».
La lampe tomba, heureusement sur le tapis, mais entraînant le précieux carreau de

dentellière du Queyras, qui roula et s'arrêta contre le plinthe, avec un petit bruit mat et un déclic.

—Regarde, Pitou, ce que tu me fais faire !
Tremblante, se mordant les lèvres, Carinou parvint à dégager la lampe de son entrelacs de fil à tricoter. Elle s'approcha avec prudence du carreau, le retourna avec délicatesse. Les épingles étaient toutes en place, les petits fuseaux tintaient joyeusement, l'ouvrage en cours ne semblait pas avoir souffert de sa chute.

Avec surprise, Carinou découvrit sur le côté du coussin, une sorte de cachette, tel un petit tiroir secret …
Et soudain, se penchant, la fillette vit luire sous le juponnage de la table, un objet qu'elle attira à elle. Carinou jeta un regard vers la porte entrebâillée, mais personne ne venait, et en tremblant un peu, elle examina sa trouvaille avec ravissement.
—Oooh ! Ça, c'est sûrement un cadeau des fées !

C'était une jolie rose avec une petite branche

feuillue, une sorte de bijou très précieux, très ancien, et de petits diamants tels des gouttes de rosée scintillaient ça et là sur les pétales.

—Eh ben, ça a dû appartenir à une dame très belle et très riche, se dit l'enfant. Peut-être que c'était un cadeau du mari de Mme Deux-mains... Un jour, si Louba permet, j'en parlerai à Mme Deux-mains, mais pour le moment, il faut remettre tout en place... Sinon, je vais me faire encore gronder ! Et il ne faut pas ! Pas devant mon nouveau papa, et juste avant Noël !

Délicatement, Carinou logea le bijou dans sa cachette, qui se referma alors comme par magie avec un discret petit « clic ».
Carinou remit tout en place sur la table de travail et appelant Pitou :
—Viens, ma chérie ! Sinon, ils vont manger toutes les frites ! Comment tu trouves ma nouvelle robe ? Et qu'est-ce que tu en penses, toi, du Noël à Hauterives ?

FIN